Impressum:

Autor:
Michael Schemming

Herstellung und Verlag:
Books on Demand GmbH
Norderstedt

Vorwort:

Dieses Buch widme ich meinem Vater.
Denn du hast unmenschliches geleistet,
um uns und mich gross zu bekommen.
Bis zum Schluss! Und dafür bekamst du
letztendlich auch nur den Arschtritt.
Aber du lebst weiter, ich leb weiter, und
wenn es nur in diesem Buch ist. Ich weiss
nicht, wie es auf der anderen Seite ist,
aber ich habe dich gesehen. Für dich und
für mich schreibe ich diese Zeilen, damit
manche verstehen, warum man lebt und
warum man stirbt. Für dich mein Vater,
denn du hast mir das gegeben,
was ich bin!

Kapitel 1: Die Wüste

"Wie weit noch?" "Gut 400 Meter!" "Weiter, bleibt in Bewegung!"

Die nächste MG - Salve knallt über uns hinweg. Sand spritzt hoch.

"Verdammt, man hätte uns sagen können, das die MG's haben!"

"Siehst du was?" "Sand, jede Menge gelber Sand. Genauso so

gelb, wie die Sonne. Ich seh nicht mal das Mündungsfeuer von denen."

"Nordost, das kommt von Nordost! Weiter! Immer Bewegung! Los!"

Pffffffffffffffffffffffffffffffffffffffffffffffffffffffffffttttttttttttttttttttttttt.

"Volle Deckung!" Krach!

"Scheisse, die haben Granatwerfer! Die machen uns fertig!"

"Zurück! Verdammt, zurück, lauft!"

Zick Zack durch den Sand. Der zweite Einschlag. Es dröhnt und

hämmert. "Das Funkgerät!" "Hier!"

"Wer hat den Laser Target?" "Ich!" "Auf den Hügel, Nordost!"

"Was?" "Auf den Hügel Nordost! Anvisieren!" "Ok!"

"Hast dus?" "Ja!" "Bleib drauf, bis die Meldung kommt!"

Das Funkgerät krächzt.

"Here Is King Six. Request Permit. Fire Fox Is On The Way!

I Say Again, Fire Fox Is On The Way!"

"Drei Minuten! Wir müssen drei Minuten durchhalten! Haut raus,

was ihr habt! Alles Richtung Nordost!"

Das M 4 wird auf Autoburst gestellt. Kopf hoch, Gewehr

in die
Schulter und alles raus. Rasend schnell geht das. Kopf runter, Magazin
raus, Magazin rein. Kopf hoch und alles raus. Drei Minuten können
verdammt lange sein. Kopf hoch und alles raus. Magazinwechsel.
Dann hören wir sie. Die erste Welle kommt rein. Ich schau in den
Himmel. F 16 oder F 15? Scheiss egal, Hauptsache, ihr tut was.
Ohrenbetäubender Lärm. Eine Detonation jagt die nächste.
Feuerwände tun sich auf. Unten tiefrot, oben ganz schwarz.
"Verdammt! Die sind zu nah!" "Das Funkgerät!"
"Wir liegen unter Friendly Fire! Verdammt seit ihr wahnsinnig
da oben? Friendly Fire, stoppt das!"
"Rennt, wir müssen weg hier!"
Die zweite Welle kommt rein. Die ganze Wüste brennt. Wir sind
zu fünft, wie immer. Wir rennen, um unser Leben. Irgendwas ist
schief gelaufen, mit den Koordinaten. Die Amis taugen nichts.
Hätten die mal besser unsere Tornados geschickt. Wir rennen!
"Wohin?" "Zu den Hütten, die wir gesehen haben, da stand ein
Hubschrauber." "Ein alter russischer, das Ding fliegt doch nicht
mehr." "Wir nehmen die Hütten im offensiven Eindringen! Wir müssen
hier weg! Los jetzt!"

Wir nähern uns den Hütten im Laufschritt. Gefeuert wird aus der Hüfte.

Es gibt nicht viel Widerstand.

"Sag ich doch. Russisch. Kannst du das Ding fliegen?"

"Im Simulator ja. Los, aufsitzen."

"Mist. Hier steht alles nur in russisch. Ich kann kein russisch."

"Benutz einfach die Knöpfe wie bei unseren Vögeln. Die Russen
bauen doch alles nach, die können nichts eigenes."

Das Ding springt tatsächlich an. Nur fliegbar ist es kaum. Unheimlich
träge. Wir erreichen vielleicht 30 Meter Höhe, mehr nicht. Alles
vibriert, doch es geht vorwärts. Das Ding ist kaum zu manövrieren.

Es legt sich auf die linke Seite. Es verliert an Höhe. Der Sandboden
kommt immer näher. "Festhalten!"

Der Rotor knallt in den Sand und bricht ab. Der zweite hinterher.

Dann steht der Rotor. Der Hubschrauber pflügt noch gut 50 Meter
den Sand durch. Dann steht alles. Es herrscht Ruhe.

"Peter?"

"Hier."

"Theo?"

"Ja."

"Thomas?"

"Frag nicht so blöd."

"David?"

"Ich hab zuviel Sand in den Socken, sonst alles ok."

Ich schau Richtung Nordost. Die ganze Wüste brennt.

Da war nur Sand, denk ich. Wie kann Sand so brennen?

"Wie weit sind wir gekommen?"
"So vier bis fünf Kilometer glaub ich."
"Das sollte reichen."
"Gib mir mal die Landkarte."
"Warum? Was willste damit?"
"Gucken wo die nächste Kneipe ist. Ich würd mir auch nen Wasser
bestellen. Vor dem Bier."
"Dann guck auch gleich, wo der nächste Puff ist. Ich könnt
jemanden gebrauchen, der mich reinigt."
"Schnauze," sag ich, "ich hab ein ganz anderes Problem."
"Welches?"
"Wieviel Zigaretten haben wir noch?"
Ich ernte blödes Grinsen für die Frage. Ich schau mir das Wrack
an und such das Funkgerat.
"King Six, hier ist Eagle Five! Wir brauchen Black
Widow, ich wiederhole,
wir brauchen Black Widow!"
Nichts, das Gerät bleibt stumm.
"Die müssen uns hören!"
"Das sind Amis. Die hören nur was sie wollen. Wir sind Deutsche und
offiziell gar nicht hier. Wir sind illegal. Nicht mehr wie
billige Söldner.
Was interessiert den Ami fünf Deutsche in der Wüste?
Die wollen uns nicht hören!"
Es hörte sich so einfach an. Wir sollten einen Check-Point
sichern.
An einer Bergstrasse. Simpel und einfach. Kinderspiel.
Jetzt hängen wir ohne Kontakt mitten in einer fremden
Wüste.

Kapitel 2: Wie alles begann

Deutschland. Ein Regierungsgebäude mitten in der Stadt.
Dafür, das er angeblich so ein hohes Tier ist, ist sein Büro klein
und muffig. Und dunkel. Du solltest dir ein Fenster einbauen lassen,
ich könnte hier keine acht Stunden drin arbeiten. Dafür trug er einen
Massanzug. Von Steuerngeldern bezahlt, denk ich. Wie meine Uniform.
Nur mit dem Unterschied, das ich so einen teuren Kackanzug, wie dem
seinem, nie anziehen würde. Bestimmt fünfmal so teuer, wie meine Uniform.
Seine Stimme war sehr sonorisch tief und bestimmt.
"Und?" fragt er.
"Warum sollte ich das tun?"
"Nun, Sie gehören zu denen, die die beste Ausbildung haben, die wir geben
können. Und Sie haben sich bewährt."
"Ach ja? Deswegen hab ich auch so eine grosse Karriere gemacht, was?"
"Ihre Methoden sind halt manchmal unorthodox, aber erfolgreich."
"Ja, deswegen stand ich auch so oft vor Gericht, für Euch, vergesst das nicht."
Er lächelt affüsant.
"Ist das alles, warum ich das tun sollte?"
"Nein. Wir wissen, das Sie hoffnungslos Pleite sind. Ihre Ex-Frau pfändet Ihnen
alles, was nur geht. Wir bieten Ihnen das vierfache Ihres Gehaltes. Brutto für
Netto. Und wir sorgen dafür, das man es Ihnen nicht

pfänden kann."
Ich schweige und denke nach.
"Gibt es sonst noch nen Grund, warum ich das tun sollte?"
"Ja, wir denken, das Sie verrückt genug sind, das zu tun."
"Warum?"
"Da war doch diese Kneipe, die Sie ganz alleine auseinander genommen
haben, oder? Vier unserer Wagen reichten nicht aus, Sie zu stoppen."
"Da war ich besoffen."
"Sie sind meistens besoffen. Das macht Sie so gut und verrückt genug."
"Der Arzt, der glaubt, das festgestellt zu haben, ist ein Quacksalber. Wenn
er gut wäre, hätte er eine funktionierende eigene Praxis und würde keinen
trinksüchtigen Waffenträgern Hustensaft mit Alkohol verschreiben."
"Sehen Sie, Sie sind gut. Selbst das haben Sie schnell erkannt."
"Das war einfach."
"So, was ist nun? Ich darf Sie an Ihren Diensteid erinnern?"
Jetzt will die Sau mich auch noch bei der Ehre packen. Ich muss vorsichtig
werden.
"Ihr Land braucht Sie!"
"Ach, jetzt auf einmal? Wo wart ihr, als ich euch gebraucht habe?"
Schweigen im Raum. Der Mann schaut mich scharf an. Ich erwider seinen
Blick. Ich merke, er ist ungeduldig und wartet.
"Den offiziellen Auftrag kenn ich, was sollen wir dort unten wirklich machen?"

"Das erfahren Sie vor Ort von unseren Leuten, die schon da sind."
"Und die Presse wird belogen und die Nachrichten manipuliert. Sie glauben
doch wohl nicht im Ernst, das ich einen Blindflug mache?"
"Wir haben Spezialkräfte dort unten, die brauchen dringend Unterstützung.
Für leichte Logistikaufgaben, leichte Sicherungsaufträge und Verbindung halten
in der Pufferzone zu den Amerikaner."
"Wir haben dort nur eine Spezialeinheit. Und die liegt entgegen eurer Pressemeldungen
an der Ostfront."
"Sie sind gut informiert."
"Hm, wie sagten Sie? Ich gehör zu den Besten oder? Waren doch eben Ihre Worte."
Der Typ grinst nur blöde. Ich muss mir was einfallen lassen.
"Das hört sich alles wie ein Himmelfahrtskommando an."
"Das ist nicht gefährlicher, wie jede Geiselbefreiung, die Sie bis jetzt gemacht
haben."
Meine Gedanken rasen. Ich hab nichts zu verlieren. Der Typ hat Recht. Ich bin
Pleite. Habe keinen Halt. Nur am saufen und so keine Perspektive.
Aber Moment, wenn die so einen abgehalfterten wollen, dann muss ich pokern!
"Ich habe eine Bedingung."
"Welche?"
"Für den Fall, das ich dabei drauf gehe, will ich für jedes meiner Kinder,
eine Einmahlzahlung von 200.000 Piepen. Für die

einzelnen Kinder jeweils,
und zwar so, das meine Ex nicht ran kommt."
Der Mann schaut mich an.
"Warten Sie hier, ich bin gleich wieder da."
Dann verlässt er das Büro.
Es dauert gut zwanzig Minuten, da betritt er wieder das
Büro.
"Was machen sie da? Um Gottes Willen!"
"So lange kann ich nicht ohne Zigarette. Sie sollten für Ihr
Büro einen
Aschenbecher beantragen. Musste leider Ihren Blumentopf
nehmen."
"Mein Pflänzchen, oh mein Pflänzchen," stöhnt der.
Du solltest dir ein Fenster einbauen lassen, in dein Büro.
Ohne Licht, geht jede Pflanze kaputt.
Er dreht sich um.
"Die Regierung hat zugestimmt. Sie können den Vertrag in
drei
Tagen hier unterschreiben."
Geht doch, denk ich, du
Tintenkackersesselfurzernichtskönner.
Beim Rausgehen denk ich, oh Gott, worauf hast du dich
hier eingelassen!

Flughafen Köln - Wahn. Abgeschirmter Bereich. Jede
Menge Soldaten.
Einige mit hohen Rängen. Ich lerne meine Kameraden
kennen. Wir schauen
uns nur an. Geredet wird nicht viel. Keiner weiss so
richtig, was auf uns zu
kommt. Wie habt ihr euch verabschiedet, von euren
Frauen, euern Kindern?
Wenn ihr welche habt. Meine Gedanken rasen. Die
Gesichter meiner Kinder

laufen vor meinem innerem Auge. Ich muss mich zusammenreissen.

Eigentlich will ich nach Hause. Das Dumme ist nur, ich hab keins.

Fünf Männer in diesen komischen Massanzügen nähern sich, mit einem
General der Bundeswehr.

"Meine Herren!"

Alles steht still und wendet sich dieser Gruppe zu.

"Meine Herren, wissen Sie, warum Sie hier sind? Sie sind hier, weil Sie
zu den Besten gehören! Kurz gesagt, Sie sind die Elite! Deutschland zählt
auf Sie! Wir brauchen Sie! Wir wünschen Ihnen alles Glück und Können
und Stärke! Kommen Sie uns heile wieder! Alles Gute und Danke!"

Eine Maschine der Luftwaffe bringt uns nach Frankfurt-Rammstein.

US - Militärbasis. Man geleitet uns in die Sicherheitszone.

Ein amerikanischer Offizier kommt auf uns zu.

"Ich darf Sie bitten, Ihre Ausrüstung abzugeben, dann können wir die
Sicherheitsschleuse durchgehen."

Ich schau den Mann an und frage:

"Was?"

"Geben Sie bitte Ihre Waffen ab, sonst kriegen wir Sie nicht an Bord!"

Ich schau mich um, jedem der neuen Kameraden ins Gesicht.

Dann wende ich mich dem Offizier zu.

"Wir geben niemals freiwillig unsere Waffen ab. Das müssten Sie als
Soldat wissen."

Der Ami schnauft. "Das geht hier nicht anders."
"OK, wo ist der Ausgang, wir gehen nach Hause!"
Wütend rennt der Ami in eine Ecke des Raumes und greift nach dem
Telefon. Es dauert nicht lange und ein weiterer Offizier kommt herein.
"Hey Boys, Nice To See You! Alles Ok, Ok. Dann wollen wir euch
mal reinfliegen, in den grossen Sandkasten!"

Kapitel 3: Überleben

"Und jetzt?"
"Sucht euch was zum Zudecken. Sobald es hell wird, gehen wir
zurück zum Ausgangspunkt."
"Hey, das sind locker 50 Kilometer, mindestens."
"Haben wir eine andere Wahl?"
"Das wird hier Nachts verdammt kalt, wir haben nichts zum
zudecken. Mensch, wir haben kaum was."
"Buddelt euch im Sand ein, das wärmt."
"Blödmann, da sind bestimmt Skorpione und Würmer drin."
"Dann frier."
"Arschloch."
Die Nacht ist unheimlich. Und absolut still. Nichts zu hören. Ein
leichtes Pfeifen des Windes. Das ist alles. Nichts anderes. Kein Tier,
kein Flugzeug. Nichts. Totenstille. Ausser uns.
Wir geben unsere Geräusche ab, denn wir sind absolut unsicher.
Diese Situation hier, ist uns fremd.
Die Nacht dauert lange. Irgendwann kommen die ersten Sonnenstrahlen.
Ganz langsam erheben wir uns, die Glieder tun weh.
"Moin! Na, alles klar?"
"Geht so, läuft der Kaffee?"
"Ja, die frischen Brötchen kommen auch gleich."
"Schnauze! Waffencheck!"
Ich höre viermal ein alles klar. Bei mir auch.
"Munition?"
"Geht so." "Hab noch ein bischen." "Ja, ein Magazin, und

das, was noch drin ist."
"Wasser? Essen?" "Nichts mehr."
"Thomas?" "Ja?" "Nehm die Richtung, wir gehen los."
Wir gehen durch den Sand. Nein, eigentlich gehen wir nicht, wir
watscheln wie Enten. Das Gewehr immer in der Hand. Wir wissen,
das sie nicht weit weg sind. Und wir wissen, das sie sich hier besser
auskennen. Wir wittern nach allen Seiten, ob der Feind kommt.
"Hatt einer ein bischen Kleingeld?"
"Was willst du mit Kleingeld?"
"Na, irgendwann, muss ja mal son scheiss beschissener Zigarettenautomat kommen."
"Haha, haste noch nicht bemerkt, wir sind hier auf nem vollem
Gesundheitstrip. Wellness pur, ähnlich wie Kneipp-Kur, nur im Sand."
"Noch son Spruch und ich sing den Howard, Deine Spuren im Sand!"
"Du kannst gar nicht singen."
"Das weiss der Sand doch nicht."
Wir watscheln weiter. Ich sehne mich nach Pflaster oder Asphalt.
Es wird auf die Dauer ganz schwer, nur im Sand zu gehen.
Plötzlich hören wir was. In der Luft.
"Verteilt euch und volle Deckung!"
"Haben die Arschlöcher Hubschrauber?"
"Soweit ich weiss, nicht!"
Wir schauen alle angespannt in den Himmel, den Finger am Abzug.
Ein Hubschrauber nähert sich. Dann hören wir auch zwei Kampfjäger.

Der Hubschrauber kreist zweimal. Dann kommt er runter.

"Das sind Amis!"

Wir rennen auf den Hubschrauber zu.

"Mann, wo wart ihr so lange?"

"Sorry Gys, wir hatten zu tun."

"Wir auch."

"Ok, alles on? Dann wollen wir mal heim fliegen!"

Der grinste so blöd, ich wusste, die haben uns verarscht.

Aber es ging raus hier.

Wir sind im Camp. Bericht abgegeben und dann duschen, oh mann, tut das gut. Wir treffen uns im Flur.

"Alles klar?"

"Yep! Gehn wir einen trinken?"

"Worauf du dich verlassen kannst. Los!"

Wir gehen ins Offizierscasino. Hier gibt es so ziemlich alles.

Das ist gut, für die Moral der Truppe. Wir trinken amerikanischen

Whiskey, Wild Turkey, und deutsches Bier. Haben die auch.

Manchmal sind sie doch gut, die Amis.

Wir besaufen uns, glaub ich, ziemlich diesen Abend. Wir müssen

das Erlebte verdrängen. Ruhen sie sich aus, sagte unser Chef hier

unten, sie kriegen erstmal keinen neuen Auftrag.

Kapitel 4: Achmad

Nach dem drittem Tag im Camp geh ich zum Chef.
"Habt ihr was für uns?" "Nein, geniessen sie die Ruhe."
"Können wir das Camp verlassen?"
"Ja, aber nur unter Waffen und nur in dem Bereich, der von
den Amerikanern bestreift wird. Das sehen Sie auf Ihrer Karte."
Ok, das war ne Antwort. Wir dürfen spazieren gehen.
Waffencheck. Alles klar. Wir dürfen raus. Spazieren gehen.
"Wetten, das Mike nur nach dem nächsten Zigarettenautomaten
sucht?" "Da halt ich nicht gegen. Die haben hier keinen.
Los, gehen wir."
Wir verlassen das Camp. Gehen spazieren, im abgesichertem Bereich.
Das was ich hier schon sehe, ist erbärmlich. Wie muss es erst drinnen im Land sein?
Als wir die erste Häuserreihe erreichen, hängen Kinder an unseren
Hosenbeinen. Nur Jungs. Keine Mädchen. Sie betteln.
David sagt: "Gebt ihnen nichts. Wir werden sie nicht mehr los."
Wir nähern uns dem Ende der Strasse. Dem letztem Haus.
Neben dem Haus sitzt ein Junge im Sand. Der hängt nicht an
unseren Hosenbeinen. Er bettelt nicht. Ich schau rüber. Er sieht traurig
aus. Es ist instinktiv. Ich muss zu ihm rübergehn. Ich steh zwei
Meter vor ihm und schau ihn an. Und er mich.
Vier oder fünf Jahre ist er alt. Braune Kulleraugen schauen

mich an.

Noch nie das Licht der Welt gesehen, aber ganz sanft.

"Wie heisst du?"

Ich bekomm keine Antwort. Er versteht meine Sprache nicht.

Und ich nicht seine. Wir schauen uns an. Lange und intensiv.

Er hat keine Angst. Er hält meinem Blick stand.

Ich hab eine Tafel Ami-Schokolade und eine Dose Cola dabei.

Ich halt es ihm hin. Er nimmt es nicht. Schaut mich nur an.

Wir verharren, in dieser Situation. Er redet nicht, ich rede nicht.

Ich halte nur. Irgendwann wird mir das zu blöd. Ich leg die Dinge

schweigend vor ihm ab. Lächel noch einmal und wende mich wieder

meinen Kameraden zu. Bei ihnen angelangt, beschliessen wir,

zurückzukehren und gehen los Richtung Camp. Ich bleib noch einmal

stehen und schau zurück. Die kullerbraunen Augen untersuchen die

Dinge. Er nimmt sie. Er kennt sowas nicht. Er wird es untersuchen.

Er schaut hoch. Sein Blick trifft meinen. Durch und durch geht das.

Ich wende mich ab. Ich muss zurück. Ich bin hier, um zu töten.

Ich hab keine Zeit für Kinder. Scheiss drauf. Diese kullerbraunen

Augen, brechen mir das Herz. Bei mir rollen Tränen.

Hoffentlich sehen meine Kameraden das nicht. Ihr habt versucht,

aus mir eine Maschine zu machen!
Es ist Euch nicht gelungen!

Kapitel 5: Der Kindergarten

Im Camp angekommen, fragt Peter: "Was machen wir
heut Abend?"
"Na, Casino, saufen, was sollen wir sonst machen?"
Später sitzen wir im Casino und trinken Bier.
"Habt ihr die Kinder gesehen?" frag ich.
"Ja."
"Auch den Jungen am letztem Haus?"
"Ja, den auch, und deinen Grossmut." "Fresse."
Ich denk nach, wie kann ich sie überzeugen?
"Wir sollten was für sie tun. Habt ihr den freien Platz
gesehen?"
"Ja, aber, worauf willst du hinaus?"
"Wir sollten ihnen was geben. Wir bauen da einen
Kindergarten
oder Spielplatz, irgendwie sowas."
"Du spinnst!" "Nichts neues, das weiss ich schon lange."
"Wir könnten mit ein paar Brettern einen Sandkasten
bauen."
"Du spinnst noch mehr. Wir sind mitten in der Wüste.
Was sollen die mit nem Sandkasten?"
"Kriegt ihr ne Wippe hin? Und ne Schaukel? Und sowas
wie
ein Klettergerüst? Irgendwie sowas?"
"Wenn wir hier zwei Flaschen Whiskey abziehen, dann
krieg
ich im Depot so ziemlich alles, was wir dafür brauchen."
"Besorg den Whiskey und noch eine Lage Bier. In 30
Minuten
Einsatzbesprechung bei mir auf der Stube!"
"Ok!" Alles grinst. Zwei Stunden später.
Wir nähern uns dem Freizeitbereich der Amis.
Wir sind im Einsatz.

"Warum tun wir das hier?"

"Weil ich das Ding da hinten haben will."

"Das könnten wir selber bauen. Ein paar Bretter, ein bischen
Farbe, ein Eisenring, ein Fischernetz."

"Blödmann! Wir sind hier in der Wüste. Kein Meer. Kein See.
Kein Wasser. Ohne Wasser, keine Fischerboote. Ohne
Fischerboote, kein Netz! Kapiert? Ausserdem ist das hier
viel spannender als selber bauen."

"Hast Recht, klauen geht auch viel schneller, als selber
bauen!"

"David? Thomas? Ihr habt die grösste Fahne. Tut so, als wärt
ihr volltrunken und lenkt die Ami-Streife ab. Wir brauchen
drei Minuten!" "Ok, los gehts!"

Die beiden wanken los. Wir warten ab, bis sie in ein Palawer mit
der amerikanischen Innenstreife verfallen. Dann sprinten
wir los.

"Mach mal Räuberleiter!" "Oki!" "Ich brauch den
siebzehner!" "Oki!"

Runter das Ding und bloss weg hier.

"Bloss nicht erwischen lassen, das gibt internationale
Verwicklungen!"

Wir packen das Ding in unser Auto. Decken drüber, das darf keiner
sehen. Wir haben den Amis soeben ihren funkelnagelneuen
Basketballkorb geklaut, mit allem was da zu gehört. Den Rest besorgen
wir schon, aus dem Depot. Für Whiskey tun Amis alles.

Den nächsten Tag verbringen wir damit, alles übrige zu
besorgen.

War ein Kinderspiel. Alles wird verstaut in unserem
Fahrzeug.
Und schön mit Plane eingewickelt. Die Amis dürfen das
nicht sehen.
Dann den Tag drauf, fahren wir raus. Klappt reibungslos.
Wir
arbeiten zwölf Stunden. Dann steht alles. Wir werden
argwöhnisch
beobachtet. Sie kennen das nicht.
"Theo? Kannst mal schaukeln? David, komm, wir beide
wippen.
Sie müssen sehen, wofür das ist. Der Rest spielt
Basketball."
Es muss komisch ausgesehen haben, wie zwei erwachsene
Männer
mit einem M4 um die Schulter gewippt haben. Egal. Wir
fahren
ins Camp. Casino. Lass mal gehen. Mission erfüllt.
Am nächsten Morgen, bin ich verkatert. Ich verlasse das
Camp zu
Fuss. Aus sicherer Entfernung beobachte ich unseren
Kindergarten.
Die Kinder begutachten das alles argwöhnisch. Aber es
werden
immer mehr. Sie fangen an, zu wippen, zu schaukeln, zu
spielen.
Endlich, da ist es. Sie fangen an zu lachen. Mission erfüllt.
Meine Augen füllen sich mit Tränen. Da spür ich eine
Berührung
an meiner Schulter. Instinktiv greif ich zum M4.
"Lass stecken. Die brauchst du nicht."
Neben mir steht Cornel Mc Bride, der Befehlshaber hier
im Camp.
"Wenn sie nicht lachen würden, würd ich Sie vors

Kriegsgericht bringen."
"Ich glaube, ich würde freigesprochen werden."
"Ja, weil die Kinder lachen!"
Er klopft mir auf die Schulter und geht.
Ich schau den Kinder zu und versinke in Gedanken.
Denk an meine Familie und meinen Kindergarten.

Ich muss wohl behütet aufgewachsen sein. Ich sass als
kleines Kind auf dem Teppich und spielte mit Autos. Um
mich herum der Duft von destiliertem Wasser beim
bügeln. Mutter bügelte immer in der Kochnische und ich
spielte in der Küche. Ich fühlte mich wohl. Irgendwann
kam der Satz, du gehst in den Kindergarten. Vater hat
gelächelt, aber er war selten zu Hause. Er war Fernfahrer
und nur am Wochende da. Kindergarten, das sagte mir ja
gar nichts. Mutter sagte, da gehst du hin, kannst spielen
und basteln mit all den anderen Kindern, das wird dir
Spass machen. Ich sagte nö, ich spiel doch hier, geh raus
zu dem Hund und zu den Kaninchen und das ist doch
schön. Mütter sind halt seltsam, zwei Wochen später nahm
sie mich an die Hand und ab ging es dahin, was sie
Kindergarten nennen. Da war alles so bunt und so laut, das
war mir unheimlich. Das kannte ich nicht. Dann dreht sich
meine Mama noch um und sagt, tschüss, bis Heute Mittag!
Erst liefen nur ganz wenige Tränen. Aber als ich sah, das
sie sich weiter entfernte, wurden es mehr. Als ich dann
sah, das sie aus der Tür gehen wollte, da schrie ich. Ich
schrie den ganzen Kindergarten zusammen. Ich hatte
meinen ersten Tobsuchtanfall glaub ich. Ich war nicht zu
bändigen. Die Erzieherin griff nach mir, schon damals war
ich wild nach Frauen, ich trat ihr vors Schienbein. Jetzt
kam schreiend meine Mutter zurück. Endlich! Zu früh
gefreut, sie knallte mir auch einen, na, und danach sass ich
artig im Kindergarten, sagte nur nichts und hab nichts

gespielt. Zwei Wochen ging das so, bis ich aufhörte,
diesen blöden Kindergarten zusammenzubrüllen.

Ich ging zurück ins Camp. Ins Casino.
An diesem Abend hab ich mich glücklich besoffen.
Oh ja, das geht, sich glücklich besaufen!

Kapitel 6: Gonscha

Ich lieg in meiner Stube auf dem Bett. Ich döse. Gebt uns was zu tun, warum bin ich eigentlich hier? Da klopft es, an meiner Tür. Ich stehe auf und öffne. Ein amerikanischer Offizier steht da und sagt:
"Sie haben Besuch. Eine Frau will Sie sprechen. Wenn Sie das
wollen, dann müssen Sie sie in der Sicherheitsschleuse abholen.
Wir haben sie gecheckt, sie ist sauber."
Ich folge ihm zur Schleuse. Dort erwartet mich eine Gestalt.
Sie ist komplett umhüllt, von diesem Gewand. Nur der Augenschlitz
ist frei. Tiefschwarze Augen.
"Wir haben sie gecheckt. Sie ist sauber."
"Ok, ich weiss nicht, was du willst, aber komm, ich hör mir an
was du sagen willst."
Ich deute ihr, mir zu folgen und wir gehen zu meiner Stube.
Sie setzt sich an den kleinen Tisch, ich auf die Bettkante.
"Wer bist du? Was willst du von mir?"
"Mein Name ist Gonscha. Ich bin die Mutter von Achmad."
"Wer ist Achmad?"
"Denk nach."
Mir dämmert es so langsam. Ich weiss plötzlich, wer Achmad ist.
"Der Junge, hinten an der Strassenecke?"
"Ja, mein Sohn. Ich möchte mich bedanken."
"Wofür?"
"Er hat das erste mal in seinem Leben gelacht."

"Ihr habt nichts, ne? Wo ist sein Vater?"
"Er hat keinen Vater. Ich bin vergewaltigt worden, das ist
hier
normal. Geschieht tagtäglich. Das ist hier so. Das könnt
ihr
nicht verstehen."
"Du bist Muslime, warum tust du dir das an, um mich zu
besuchen?"
"Weil meine Ehre mir sagt, ich muss mich bedanken."
Damit steht sie auf, sie wickelt ihren Kopf ab und lässt ihr
Gewand
einfach am Körper runterrutschen. Sie schüttelt ihren
Kopf. Ihr
pechschwarzes Haar fällt an ihren Schultern herrunter. Es
ist so schwarz,
wie ihre Augen. Ihre Haut ist dunkel. Sie ist sehr schlank.
Zu wenig
Nahrung, denk ich. Aber sie ist wunderschön.
"Ich möchte dir etwas schenken. Ich hab nichts anderes
ausser mir.
Nimm mich."
"Vor Allah ist das tiefe Sünde."
"Allah macht manchmal die Augen zu. Vor allem bei Ehre
und Dank.
Macht dein Gott nicht manchmal die Augen zu?"
"Ich habe keinen Gott."
"Ihr Soldaten, wollt doch immer Frauen?"
"Ich bin kein Soldat."
"Kein Soldat? Was bist du dann?"
"Ich bin Polizist."
Meine Blicke verirren sich, ihre Brüste, ihr flacher Bauch,
ihre dunkle
Haut. Es verwirrt mich.
"Ich wäre nicht besser, als dieser Vergewaltiger. Zieh dich

an!"
"Du verschmähst mich und meine Ehre?"
"Nein, wir machen es nur klassisch."
"Wie meinst du das?"
"Zieh dich an, wir gehen essen."
"Hier gibt es kein Restaurant."
"Aber ein Offizierscasino."
"Da komm ich nicht rein."
"Wetten das doch?"
Ich geh mit ihr zum Casino. Die beiden Wachen davor, wollen zu
den Waffen greifen.
"Ruhig. Sie ist sauber. Ich hab sie grad nackt gesehen."
Ich zieh sie weiter, rein ins Casino an den Tisch. Die Wachen waren
völlig verblüfft. Die Amis beobachteten uns argwöhnisch.
Die Frau ist dankbar fürs Essen. Danach erzählt sie mir viel über
dieses für mich fremde Leben. Knapp drei Stunden sitzen wir so da.
Dann bring ich sie zur Schleuse. Vor dem Camp, schaut sie mich an.
"Achmad wünscht sich, du wärst sein Vater."
"Sag ihm, ich kann nicht sein Vater sein. Ich kann ihm nur ein Freund
sein. Das muss reichen!"
Sie dreht sich um und geht. Ich schau ihr lange hinterher.
In dieser Nacht, überdenke ich mein Weltbild komplett neu.

Kapitel 7: Die Wache

Ich muss zum Stab. Einsatzbesprechung. Da muss ich jeden Tag hin. Wird wohl
nicht lange dauern. Wir sitzen wie immer im Kreis und kriegen lauwarmen Kaffee.
"Sie unterstützen jetzt die Amerikaner bei der Bewachung des Camps!"
"Ok!"
"Erstmal in der Nachtschicht, die Jungs brauchen ein bischen Ruhe."
"Geht klar."
"Gut, hilft Ihnen auch wegen dem Trinken."
"Wieso? Gibt es kein Kaffee Nachts?"
Blödes Arschloch. Wir richten uns ein. Zwei Mann auf die Türme.
Drei laufen Zaunstreife. Es ist lausig kalt Nachts hier.
Die erste Nacht ist absolut ruhig. Dann kommt die zweite.
Ich liege auf dem Wachturm rum. Kalt ist es. Thomas ist auf dem zweitem.
Direkt an der Schleuse. Er ist so gut acht Meter von mir entfernt.
Alles ruhig.
"Thomas, hast du noch Kaffee?"
"Ja, ein bischen. In der Thermoskanne."
"Werf mal rüber!"
"Hey, wie soll das gehen?"
"Du bist der beste Handgranatenwerfer, also wirste ja wohl auch ne
Thermoskanne schmeissen können!"
"Die hat ein anderes Gewicht!"
"Mensch, werf, wir haben hier noch vierzig Minuten bis zur Ablösung."
"Ok, Ok, ich werf ja!"

Pling, macht das auf meinem Turm. Der Junge ist gut. Der Kaffee lauwarm.

Aber besser als nichts. Ich lausche in die Nacht. Ich höre Stimmen.

"Achtung!"

Ich habe die Befehlsgewalt in dieser Nacht. Es herrscht Unruhe draussen.

Mir ist nicht wohl. Jetzt ist zu erkennen, das sich eine Gruppe, dem Camp nähert. Mit arabischem Palawer.

"Licht an!"

Alle Scheinwerfer des Camps gehen an. Alles ist in einem gleissend helles Licht.

Ich sehe fünf Männer, die sich dem Camp nähern.

Sie tragen Kalaschnikows und schreien, was ich nicht verstehe.

"Alarm!"

Im gesamten Camp wird Alarm ausgelöst. Alles springt auf die Beine.

Da jagt die Gruppe die erste Salve raus. In den Himmel. Verdammt, was soll ich tun? Ein bischen tiefer, und es kommt bei uns an.

Es kommt die zweite Salve, tiefer, jagt über die Dächer des Camps.

Noch ein tiefer und wir sind mitten drin. Was soll ich tun? Ich schrei: "Feuer!"

Nach zehn Sekunden ist der Spuk vorbei. Wir haben fünf Leichen vor dem Camp.

Der Chef. "Alles bleibt auf seinem Posten. Charly, raus, holen sie die Leute,

schiesst auf alles, was sich bewegt!"

Die Toten werden ins Camp gezerrt. Es gibt keinen weiteren Angriff.

Ich will später ins Bett, werde aber zur Besprechung

zitiert.

"Meine Herren! Wir haben fünf tote Terroristen. Meine Anerkennung für
die deutsche Unterstützung. Sie haben fünf Terroristen eliminiert. Danke.
Leider können wir nicht dafür, das die auch fünfzehnjährige rekrutieren.
Wir werden keine ballistische Untersuchung durchführen.
Ich denke, niemand von Ihnen, will wissen, wer den fünfzehnjährigen
erschossen hat. Das wars, wegtreten.
Ach ja, eines noch. Sie brauchen nicht ihren Heimatsender schauen.
Der Vorfall heut Nacht, geht nicht in die Presse!"
Aloha Deutschland, wo bin ich hier gelandet.

Kapitel 8: Gedanken

Ich liege auf dem Bett und döse. Schlafen kann ich nicht.
Meine Gedanken rasen.
Warum hast du eigentlich den Job des Tötens gewählt?
Fünfzehn Jahre, Mensch,
eigentlich ein Kind noch. Jetzt tot. Weil du den Befehl
gegeben hast.
Hätte er dich getötet? Was ist der Tod? Gibt es sowas wie
ein danach, oder ist der
Tod so etwas wie vor der Geburt? Ich hab den Tod in allen
Facetten gesehen.
Aber ich weiss es nicht. Der Tod ist kalt. Hart.
Der Tod muss abschreckend sein. Sonst lässt niemand
seine Toten los.
Scheisse, ich muss schlafen. Ich kann nicht. Ich brauch
Liebe. Ich habe keine.
Der Tod macht mir Angst. Deswegen hab ich abgedrückt.
Dafür bin ich doch da?
Oder? Dafür haben sie mich ausgebildet. Ich muss etwas
beschützen.
Beschütz ich das Richtige?
Wann hab ich eigentlich das erste Mal getötet?
Ich verfall in Gedanken.
Irgendwann hatte ich mich an den scheiss Kindergarten
gewöhnt. Und dann kam die Schule. Angst haben sie mir
gemacht. Lehrer H. und Rektor R., das sind harte Hunde.
Ja, waren sie auch. Der eine kloppte mit dem Rohrstock
noch und der andere schmiss mit den Kakaotüten.
Unglaublich, was damals abging. Platsch sagte das an der
Wand, da hatte der Rektor mal wieder nicht getroffen mit
der Kakaotüte. Die Putzfrauen mussten Überstunden
machen. Das hat damals niemanden gestört. Ich war artig,
klar, ich hatte Angst. Nur zu Hause, hatten wir nichts zu

fressen. Mein Vater ass trocken Brot, damit wir die letzte Scheibe Wurst drauf hatten. Er war eh nur unterwegs, kam um zwei Nachts nach Haus, Mutter machte ihm Brote, wenn was da war, und um drei war er wieder weg. Wie sagte er damals, lerne was anständiges. Ich glaub, er hat es nicht so gemeint, denn kurz vor seinem Tod, hat er mir erklärt, was er mit anständig meint. Das hab ich damals nicht verstanden. Unter diesem Druck, wurde ich Streber. Ich war der Beste, Mist war nur, wir konnten nur zum Frisör B. auf der gleichen Strasse. Wie sagte man, Pisspottschnitt und dann noch Streber. Ich war einsam, ich hatte keine Freunde. Ich hatte Angst, ging kaum raus und niemand war da für mich. Papa weg und Mutter keine Zeit. Und doch hatt ich alles. Meinen Hund , ja, den hab ich geliebt. Wuschel hiess der. Aber ich hatte auch den Hund der Nachbarn. Und der wollte beissen. So kriegte ich dann sogar Angst vor dem Schulweg. Aber mir hörte ja niemand zu und so war ich allein mit meiner Angst. Aber ich musste ja zur Schule, also ab in Vaters Keller. Eine Dachlatte, ein paar Nägel, der Hammer, fertig war die Waffe. Vater hör ich noch fluchen, wer hat mir das Werkzeug durcheinander gebracht. So gerüstet bin ich am nächsten Morgen auf dem Schulweg. Und dann kam dieser scheiss Köter! Schwarz wie die Nacht. Ich wollte laufen, aber ich wusste, das Vieh ist ja viel schneller als ich. Es war Herbst und noch dunkel. Im Hellen hätte ich das nie gemacht. Mit meiner selbst gebauten Waffe habe ich diesen Strassenköter erschlagen! Im zarten Alter von acht Jahren hatte ich das erste mal getötet!
Aber ich war pünktlich in der Schule. Lehrer H. fragte mich, ob der Blutflecken, was hast du denn gemacht. Entschuldigung Herr Lehrer, ich hatte Nasenbluten. Er lachte nur und machte mich vor der ganzen Klasse lächerlich. Ja, ja, Nasenbluten, haben sie dich wieder

erwischt auf dem Schulhof. Die ganze Klasse lachte, ich wäre am liebsten im Erdboden versunken vor Scham und Pein. Ich dachte nur, du blöde Sau. In der Pause fasste ich Mut und sprach die beiden grössten Schläger an, die wir in der Klasse hatten. Wollt ihr mal sehen, das ich mutig bin? Ich lass nach dem Unterricht dem H. die Luft aus den Autoreifen! Ha Ha du traust dich ja doch nicht! Nach dem Unterricht gingen wir zu dem Auto. Ich zitterte, aber ich musste, die anderen schauten ja zu. Aus der Hecke suchte ich mir ein kleines Stöckchen. Und dann, psüüüscht psüüüscht, waren alle vier Reifen Platt. Cool, sagten die anderen. Hach, ich fühlte mich gut und ging nach Haus. Konnte ja nichts passieren, der Strassenköter lag ja tot an der Ecke.

Ja, schite Peng war. Zwei Stunden später klingelte Lehrer H. an unserer Haustür. Irgendwer muss mich wohl beobachtet haben. Eine Stunde sass er mit Mutter im Wohnzimmer. Als sie wieder raus kam und der Lehrer weg, war sie verdächtig ruhig. Ein sicheres Zeichen dafür, das sie mächtig wütend war. Abends bekam ich dann eine Tracht Prügel von meinem Vater. Und die Auflage, das war die Forderung vom Lehrer H., 5 Mark an ihn zu zahlen, wegen seiner Unkosten. Für mich ein Vermögen, ich bekam doch nur 20 Pfennig Taschengeld im Monat. Aber ich hab dabei gelernt, das Lehrer blöd sind und uns eigentlich gar nichts beibringen können. Da leiht der sich doch das Auto eines Kollegen und schraubt jeden Reifen einzeln ab und fährt damit zur Tankstelle. Anstatt sich von der Tanke den Luftfüller zu holen und gut ist. Hätte er nur einmal fahren müssen. Na, Lehrer halt oder besser, mathematische Idioten.

Das Dumme war nur, während der Tracht Prügel, verriet ich die Namen derer, die mit dabei standen an dem Auto, als ich die Luft abliess. Und das hat der H. auch erfahren, meine Eltern müssen wohl noch mit ihm telefoniert haben. Am nächsten morgen machte ich mich pfeifend auf den Schulweg. Konnte ja nichts passieren, der Strassenköter war ja tot. Scheisse war, in Höhe der Kirche kamen sie aus dem Gebüsch, die Jungs, deren Namen ich verraten hatte. Ich bekam bis Dato die heftigsten Schläge meines Lebens. Eine halbe Stunde zu spät erschien ich im Unterricht, wieder mit Blut im Gesicht. Ha Ha bölkte Lehrer H., wieder Nasenbluten was???

Danach war ich bei den Schulkameraden noch mehr unten durch als vorher. Niemand sprach mit mir und Freunde fand ich keine mehr.

Deswegen wurde ich noch mehr Streber, meine schulischen Leistungen gehörten zu den Besten. Ein grosser Schulabschluss stand mir bevor. Leider gabs da drei Wochen vorher noch die Zeugniskonferenz. Im Hauptfach Mathematik hatte ich ne Eins. Aber Mathe hatte ich auch als Wahlpflichtfach gewählt. Und da gab mir der Lehrer nur eine drei. Das machte mich so wütend, das ich ihn auf dem Schulhof anschrie: Man sollte dich erschiessen!

Das brachte mir, drei Wochen vorm Schulabgang, den Rausschmiss von der Schule ein. Keine Teilnahme an der Abschlussfeier und das Zeugnis kam mit der Post.

Ich muss unwillkürlich grinsen auf meinem Bett. Ja, vielleicht hab ich deswegen
diese Laufbahn eingeschlagen. Ich weiss es nicht. Ich brauch Liebe.
Vielleicht sollte ich morgen mal Gonscha suchen.
Irgendwann penn ich ein. Gott sei Dank.
Ich träume nichts. Nicht mal vom Tod. Gut so.

Kapitel 9: Das Gestüt

Ich geh raus. Zum Kindergarten. Ich hab ein absolutes
Tief. Mir geht es nicht gut.
Es wird nicht mehr beobachtet, ich setz mich zu ihnen, an
den Rand.
Achmad lächelt mich an. Ich zurück. Sie spielen, sie
lachen, sie freuen sich.
Unglaublich, wie man mit wenig, viel erreichen kann.
Ich höre ein "Zssssssttttt." Gonscha. "Folge mir. Man darf
uns nicht sehen."
Hinter ihr betret ich diese halb verfallene Hütte. "Setz
dich. Tee?" "Gerne."
Sie bereitet Tee. Wir schauen uns schweigend an. Lange.
"Wieso sprichst du meine Sprache und Achmad nicht?"
Sie lächelt.
"Meine Eltern sind lange tot. Ich bin bei meinem Onkel
gross geworden.
Er hat ein Gestüt. Gut 200 Kilometer von hier. Er hat mir
ein Studium in
der Schweiz bezahlt."
"Das glaub ich jetzt nicht, du warst in Europa und bist hier
her zurück?"
"Hier ist meine Heimat. Hier ist der Rest meiner Familie.
Hier sind meine Wurzeln."
"Warum bist du dann so arm? Lebst so wie hier? Wo ist
dein Onkel?"
"Mein Onkel kommt in diesen Kriegszeiten nicht in die
Stadt. Er weiss nicht mal,
das ich wieder hier bin. Als ich hier wieder ankam, wurd
ich geächtet. Ich war
in Europa. Und direkt vergewaltigt. Dann kam Achmad.
Ich hab keine Möglichkeit,
dahin zu kommen, oder Kontakt aufzunehmen. Was soll

ich tun?"
Ich schau mich in der Hütte um. Echt alles karg hier. Die beiden haben nichts.
Trotzdem beschleicht mich Misstrauen. Erzählt sie mir nur einen, oder sagt sie
die Wahrheit?
Plötzlich unterbricht sie dieses Schweigen.
"Kannst du mich da hinbringen?"
Ich schau sie fassungslos an und schlucke erstmal.
"Das ist deutlich ausserhalb unserer Sicherheitszone. Da dürfen wir uns nicht
bewegen."
"Ja, ist gut, ich hab es ja gewusst."
Lügt sie, oder lügt sie nicht? Ich bin total verunsichert.
Schweigend trinken wir den Tee aus.
"Ich muss los. Ich weiss jetzt wo du bist. Darf ich vorbeischauen?"
"Ja."
Ich geh zurück. Am Kindergarten vorbei. Achmad lacht und winkt mir zu.
Scheiss Spiel. Das ganze Leben ist ein scheiss Spiel!
Am Abend sitzen wir im Casino.
"Ich war lange draussen heut, hat der Chef was für uns?"
"Nein, da kam nichts."
"Hm, doch irgendwie langweilig hier."
"Sollen wir mal einen Ausflug machen?"
"Wohin?"
"Ins Landesinnere."
"Das gibt Ärger sicher."
"Was ist bei uns ohne Ärger?"
Dann erzähl ich ihnen alles. Sie sind genauso verwundert wie ich. Sie
misstrauen. Nach zahlreichen Bieren und Palawer beschliessen wir, das

ich Gonscha nochmal auf den Zahn fühle. Und wenn hier nichts passiert
und es so langweilig bleibt, machen wir den Ausflug. Wir sind ja schliesslich keine
Rumparker.
Am nächsten Tag steh ich vor Gonschas Hütte. Ich schau mich um. Niemand zu
sehen. Schnell tret ich ein.
"Hallo," sagt sie und lächelt.
"Ich will alles wissen. Alles! Erzähl, sonst fahren wir nicht!"
Sie bringt mir Tee. Dann erzählt sie. Über zwei Stunden. Fast ohne Pause.
Sie beeindruckt mich schwer. Ich bin sicher, sie sagt die Wahrheit.
Nach ihrem Reden, schauen wir uns minutenlang schweigend an.
"OK, heut Nacht 03:00 h, wir halten nur 30 Sekunden vor deiner Hütte, klar?
Rein in den Jeep und los!"
Sie sagt nichts. Nickt nur langsam. Ich seh eine Träne laufen.
Sie verarscht mich nicht.
Im Camp. Die Jungs wissen Bescheid. Besprechung in meiner Stube. Bis sie alle da sind,
fälsche ich einen Einsatzbefehl, der uns Nachts die Ausfahrt aus dem Camp erlaubt.
Die Amis werden das glauben, die haben Respekt vor deutscher Disziplin.
Die Jungs sind vollzählig.
"Ok, Jungs, Ausfahrt 02:45h. Wir halten nur Sekunden, Aufnahme der Passagiere.
Wir umfahren den Checkpoint. Volle Ausrüstung mit doppelter Munition. Wir

wissen nicht, was uns da erwartet. Alles klar? Noch
Fragen?"
Sie grinsen breit. Wir sind eben ein bischen verrückt.
"Endlich mal was los hier. Fertigmachen!"
02:45 h. Wir nähern uns der Sicherheitsschleuse mit
unserem Jeep.
Wortlos halt ich der amerikanischen Wache den
gefälschten Einsatzbefehl hin.
"Das ist ungewöhnlich. Ihr fahrt doch sonst nicht Nachts
raus. Ich muss den Stab
anrufen."
"Hey, wir sind deutsch und nicht amerikanisch. Wir
arbeiten nach Zeitplan. Minutiös.
Mach die Schranke auf, sonst gefährdest du unsere
Operation Mann! Du hast doch
den Einsatzbefehl!"
Hach, Amis sind so leicht zu bluffen, deswegen verlieren
die auch immer beim Pokern.
Die Schranke geht auf, wir rauschen ab. Geht doch. Punkt
drei vor Gonschas Hütte.
Sie haben gewartet. Keine zehn Sekunden und Gonscha
und Achmad sind im Jeep.
Auf geht die Reise.
"Das GPS!"
"Hier!"
"Volle Konzentration jetzt! Waffen schussbereit, wir
fahren ins Feindesland!"
"Jo, wir klauen dem Feind die Ziggis!"
"Blödmann."
200 Kilometer durch die Wüste. So langsam geht die
Sonne auf. Richtige Strassen
gibt es hier nicht. Die Fahrt wird lange dauern. Wüste und
Sand. Aber keine
Zwischenfälle. Komisch, dieses Land. Die Gegend wird

langsam besser. Seltsam.

"Nach GPS und Karte befinden wir uns ausserhalb der Krisenzone."

"Umso besser."

Plötzlich sagt Gonscha: "Langsamer bitte, hinter dem nächsten Hügel ist es."

Ihr Atem geht heftig. Wir gehen vom Gas.

"Waffen klar! Zwei Mann an die Ferngläser!"

Im Schritttempo fahren wir weiter um die Hügel herum.

"Da ist sowas wie ne Oase, mit Anwesen!"

"Wachen? Irgendwas verdächtiges?"

"Nichts zu sehen ausser paar Ziegen."

Gut 300 Meter davor halten wir.

"Gonscha! Geh hin! Achmad bleibt hier!"

"Was? Mein Sohn, nein ich gehe nicht ohne meinen Sohn!"

"Wissen wir, was da vorne ist? Sie kennen Achmad nicht. Geh und seh zu,

das alles ok ist, dann holst du Achmad hier ab. Ist es falsch hier, schmeiss dich

auf den Boden und wir nehmen das Ding ein. Risiko tragen wir alle. Geh jetzt!"

Sie schaut mich an. Dann steigt sie schweigend aus dem Jeep und geht langsam

auf das Anwesen zu.

"Die Waffen auf Semi! Schaut durch die Zieleinrichtung. Bei falschen Zeichen von

da hinten Feuer! Hab kein Bock, mir hier den Arsch wegballern zu lassen!"

"OK!"

Wir beobachten Gonscha und das Anwesen durchs Fernglas und durchs

Zielfernrohr. Sie geht langsam. Ich kann mir gut vorstellen, was in ihr vorgeht,

wenn sie die Wahrheit gesagt hat. Und ich kann mir gut vorstellen, was in ihr
vorgeht, wenn sie nicht die Wahrheit gesagt hat und uns in eine Falle lockt.
Sie ist 100 Meter vor dem Anwesen, als plötzlich vier oder fünf Menschen
aus dem Anwesen langsam auf sie zu kommen.
"Kontakt!"
"Achtung!"
Bei uns herrscht grösste Anspannung.
Die Gruppe vor dem Anwesen unterhält sich lange. Dann fallen sie sich plötzlich
in die Arme. Alle. Auch das dauert lange. Sehr lange.
Dann lösen sich zwei Menschen aus dieser Gruppe. Es ist Gonscha und ein alter
Mann. Ganz langsam nähern sie sich unserem Jeep. Hand in Hand.
"Entspannt euch, sie hat nicht gelogen!"
Langsam nähern sich die beiden. Kurz vor dem Jeep bleiben sie stehen. Ich schaue
in die Augen des alten Mannes. Sie sind voller Tränen.
Schweigend schaut er uns an.
Dann Achmad. Dann breitet er ganz langsam seine Arme aus und sagt etwas zu Gonscha!
"Mein Onkel bittet euch, seine Gäste zu sein."
Wir fahren in das Anwesen rein. Was ich in den nächsten zwei Stunden erlebe, das ist
der wahre Islam. Nicht das, was wir Europäer immer darunter verstehen. Terroristische
Fanatiker und Selbstmordattentäter. Der wahre Islam. Gastfreundschaft pur. Hingabe
zur Familie. Achmad wurde aufgenommen. Er konnte ja nichts dafür. Es war Allahs Wille.
Wir hatten eine gute Mission gemacht. Irgendwie erinnerte

mich das ganze an meine
Familie. An früher. Noch tiefer wurde das, als Gonscha
mir mit ihrem Onkel seine Pferde
zeigte. Edle Hengste und edle Stuten. Es war sein ganzer
Stolz. Ich musste an unseren
Pferdestall zu Hause denken und an alles, was da geschah.
Ich fühlte mich ganz seltsam, aber wir mussten zurück.
"Gonscha, wir müssen."
"Ich weiss!"
Ihr Onkel wollte uns Geschenke machen. Ich lehnte ab,
mit dem Hinweis auf Ehre.
Das verstehen sie.
Gonscha schaute mich an. Sie weinte.
"Frag deinen Onkel, ob es gegen Allahs Willen ist, wenn
du deinen Kopf entblösst
und ich dich einmal küsse?"
Der Onkel schüttelte den Kopf.
Sie enthüllte sich. Ihr schwarzes Haar viel herunter. Ihre
ebenlinigen Züge.
Ihr voller Mund. Ich schau sie an und wir beide wissen.
Wir werden uns nie wieder sehen.
Ich küss sie. Wir halten uns lange fest. Sie schaut mich
noch einmal an.
"Danke, Freund von Achmad."
Wir weinen beide.
Ich drücke Achmad. Ich schenk ihm meine Halskette.
Ohne Worte.
Er versteht mich eh nicht. Ich leg sie ihm um. Er lächelt
mit seinen
kullerbraunen Augen. Ich werde euch alle nicht wieder
sehen.
"Aufsitzen," brüll ich.
Alles springt in den Jeep.
"Gib Gas, weg hier!"

Auf der Rückfahrt döse ich im Jeep. Meine Gedanken
rasen. Ich bin mit dem
altem Mann und Gonscha bei den Pferden. Ich schweife ab
in meine
Kindheit. Nach meinem zu Hause. Meiner Familie.
Unseren Pferden.

Kapitel 10: Der Auftrag

Ich wurde zum Stab zitiert. Wie jeden Tag. Das übliche BlaBla denk ich.
Wie immer. Ich betret den Besprechungsraum. Von unseren Leuten sind alle
da. Ungewöhnlich. Bei den Amis sind mehrere hohe Offiziere, die ich noch nicht
kenne. Sehr ungewöhnlich heut. Unser Chef stellt uns die neuen Amis vor und
andersrum. Warum ist man im Krieg so höflich?
Einer der Amis ergreift das Wort.
"Meine Herren! Sie sind spezialisiert auf Geiselbefreiung?"
"Kann man so sagen, ja."
"Gut. Wir haben folgende Lage. Wir sind im Krieg und versuchen, den
Friedensprozess zu beschleunigen. Dafür brauchen wir die örtlichen Politiker.
Fünf von ihnen sind von den Terroristen entführt worden und befinden sich in
Geiselhaft. Darunter der wichtigste Diplomat, den wir für den Friedenprozess
brauchen."
"Ihr habt doch Delta Force und Marines? Warum erzählt ihr uns das?"
"Wir sind hier mit UN - Mandat. Die Geiseln befinden sich ausserhalb des
genehmigten Einsatzgebietes. Wenn wir da Eindringen, wird das schwer für
den internationalen Friedensprozess. Wir fliegen euch rein und holen euch raus.
Für den Rest, brauchen wir euch."
Stille im Raum. Meine Zähne knirschen.

"Wo ist das Einsatzgebiet?"

"Zehn Kilometer hinter der Grenze."

"Ach du scheisse, jetzt versteh ich."

"Sie haben sämtliche Unterstützung und die CIA im Rücken. Nur vor Ort dürfen keine amerikanischen Spuren bleiben. Das gäbe höchst politische Konsequenzen. Wir brauchen diesen Diplomaten für den Frieden."

"Gibt es Satelitenbilder vom Einsatzgebiet?"

"Ja."

Der Beamer geht an. Ich sehe eine karge Landschaft. Hügelig. Mit einem Berg. Darunter befindet sich eine Talstrasse, die sich raufschlängelt. Es ist eine Ruinenstadt mit einem altem Tempel, als Pyramide.

"Also, wir befreien Geiseln normalerweise aus Banken, Wohnungen, oder nach Amoklauf aus Schulen oder sowas. Das ist nicht unser Gelände."

"Also, der Widerstand wird klein sein. Wir rechnen mit zehn bis zwölf Terroristen."

"Womit ihr immer rechnet. Ich brauch sämtliches Material. Ihr kriegt unsere Antwort in zwei Stunden. Lassen sie uns bitte allein."

Die Amerikaner verlassen den Raum. Unser Chef schaut uns an.

"Und?"

"Kaum machbar."

"Sie denken, sie kriegen das nicht hin?"

"Ja, nach strategischen Überlegungen bräuchte man dafür ein Bataillion."

"Und wenn wir ihnen den Befehl geben?"

"Dann müssen sie meine Kollegen fragen."
Schweigen im Raum. Alle schweigen.
"Wie würde es gehen?"
"Man fliegt rein, von Südwest. Fünf Kilometer vorher
absetzen. Die Talstrasse
blockieren, und dann nach Süden ausweichen. Von Süden
der Angriff. Mit
Silent Sniper. Beide Flanken gedeckt. Eindringen und
vorwärts. Anders gehts
nicht. Bei zwölf Terroristen, der einzige Weg, still, sonst
solln die Amis nen
Flugangriff machen. Dann sind sie alle tot."
"Mensch Mike, ich frag sie, ob sie mit ihrer Gruppe das
hinkriegen!"
"Nein!"
"Ist das definitiv?"
"Ich will, das Black Widow uns nicht nochmal hängen
lässt. Das ist extrem
wichtig. Den Rest fragen sie die Jungs hier. Ich hab nicht
über ihr Leben zu
entscheiden. Mein Leben ist mir egal, ist eh vorbei."
Die Stimmung im Raum ist seltsam. Der Chef weiss nicht
mehr, was er sagen
soll. Die Jungs schweigen, alles ist fremd hier, was
machen wir überhaupt hier?
"Gut, macht Ihrs oder macht ihr es nicht?"
Es lief auf eine Art Abstimmung hinaus. Die waren ja
noch viel bekloppter als ich.
Am Ende hiess es vier zu eins.
Ich war dagegen. Sie dafür. Sollte ich sie hängen lassen?
Sie wussten nicht, was sie tun.

Kapitel 11: Der Einsatz

Wir sitzen im Hubschrauber. Fliegen knapp über dem Boden.
Noch ein paar Minuten, dann kommt die Grenze. Ich schau mich um.
Ich schau in ihre Gesichter. Heldentum, Angst, Verzweiflung, Hoffnung,
Selbstwertgefühl. Alles das lese ich in ihren Zügen.
Wissen sie, was sie tun?
Und was ist mit mir? Mir geht es mies. Warum führ ich die Jungs darein?
Ich habe kein gutes Gefühl
Keiner spricht ein Wort. Ich muss was tun.
"Alles klar Jungs?"
"Aber sicher, alles paletti."
"Waffencheck."
"Alles Ok."
"Gut."
Eine Ziggi noch. Kann nicht mehr lange dauern.
Aus der Kanzel vorne dröhnt es.
"Five Minutes To Go Out."
"Macht euch fertig."
Der Hubschrauber gleitet so 70 Meter über der Erde. Er verliert an Geschwindigkeit
und Höhe. Dann setzt er fast auf.
"Out! Out! Go Out!"
Der Hubschrauber dreht ab. Hoffentlich holst du uns wieder, denk ich.
Wir liegen volle Deckung in einem fremden Land. Mir geht es gar nicht gut.
"Check!"
"The Area Is Clean!"
"Auf, wir haben ein bischen zu laufen."

Wir gehen langsam. Sichern nach allen Seiten.
"Da hinten ist eine Hütte."
"Anpeilen!"
"772 Meter, nichts verdächtiges zu sehen!"
"Peter, Thomas? Ihr von rechts. Theo, David, ihr von links.
Nehmt die Hütte!"
Wir springen auf und schmeissen uns wieder hin. Damit kriegen wir immer einen
neuen Blickwinkel.
"In der Hütte ist jemand."
"Terrorist oder Soldat?"
"Woher soll ich das wissen? Der hat ne Uniform an."
"Hier dürften keine Soldaten sein. Eliminieren!"
Ein Plopp aus der Sniper.
"Area Is Clean!"
"Weiter!"
Wir sind an der Hütte. Der Mann ist tot. Wir finden nichts besonders. Wieder raus.
"Da hinten ist die Anhöhe. Dahinter muss die Zufahrtsstrasse sein."
"Ziemlich weit und kaum Deckung. Nur die paar Bäume da."
"Ja, ziemlich haarig."
"Ich glaub, wir müssen rennen. Tempo machen, was?"
"Sieht so aus. Wir sollten die Distanz so schnell wie möglich überwinden."
"GPS!"
"Ok. Ich hab das Dorf. Alles. Da ist Bewegung. Nordost von uns. Vier oder
fünf Mann. Kommen auf uns zu!"
"M 4, anlegen!"
Wir schauen durch die Zieleinrichtung. Tatsächlich. Es nähern sich fünf Personen.

Entfernung noch gut 600 Meter.

"Habt ihr sie?"

"Ja."

"Die haben Kalaschnikows."

"In der Reihenfolge wie wir liegen. Wenn sie down sind.
Rennen wir zur Anhöhe!"

"Ok!"

Wir beobachten die Männer. Sie suchen keine Deckung.
Sie scheinen nicht zu
glauben, das fünf Mann in ihr Land eindringen. Unser
Vorteil.

"Feuer!"

Ratatatatata. Die M 4 's brüllen.

"Auf! Auf! Los!" Wir rennen. Wir müssen die Anhöhe
erreichen.

Wir rechnen mit Feuer, aber es kommt keins. Unbeschadet
erreichen wir den
Rand der Anhöhe.

"Rauf da! Wir müssen da hoch!"

Son Scheiss, nichtmal Zeit für ne Zigarette. Die brauch ich
immer, nach dem Laufen.

Wir liegen auf der Anhöhe und können die ganze
Zufahrtsstrasse überblicken.

"King Six! Here Is Eagle Five! We Are In Position!"

"Ok! Wait! Stand By!"

Wir warten. Nichts tut sich. Endlich wieder eine rauchen.

David meldet sich. "Macht mal euer GPS an!"

"Ach du scheisse."

"Ja, von wegen 10 bis zwölf! Die spinnen die Amis. Guck
dir das Gewusel
an, das sind mindesten Zwanzig."

"Ich sehs!"

So ne Scheisse. Den Amis konnte man noch nie trauen.
Bleibt ruhig, denk ich.

"Eagle Five! Here Is King Six! A Convoy Is Coming From The North! Eliminate!"
"Ok!"
Jetzt gehts los. Gott steh uns bei. Ach ja, den gibtst im Krieg nicht.
"Peter! Theo! Autoburst. Alle anderen schalten um, auf Granatwerfer!"
Unterm M 4 ist ein 4,5 cm Granatwerfer eingerichtet. Ist ganz heftig in der
Schulter, feuert aber seine tödliche Fracht hinaus.
"Achtung! Der Convoy kommt! Haltet gleich drauf!"
Drei Wagen. Nachschub für die Terroristen. Wenn wir sie platt machen, ist
die Strasse blockiert. Das brauchen wir.
"Feuer!"
Die Granaten schlagen ein. Zwischendurch die Salven von Peter und Theo.
Nach 40 Sekunden ist der Spuk vorbei. Da unten regt sich nichts mehr.
"Nach Süden! Wir müssen nach Süden. Auf!"
Es dauert gut zwei Stunden. Dann liegen wir im Süden in Position.
"GPS!"
"Ok, Lage, wir haben das südliche Gebäude. Vier oder fünf Targets.
Südwestlich im ersten Gebäude, drei bis vier Geiseln. Dabei die gleiche Anzahl
Targets. Eine Geisel im Norden, vermutlich in der Pyramide. Im Norden schwerer
Widerstand. Mindestens zehn Mann, was ich erkennen kann."
"Also Arschkarte!" "Jo!"
"Peter! Theo! Ihr müsst das Gebäude im Süden nehmen. Danach geht ihr auf die

Ostseite. Wir warten hier auf euer Clear. Dann hauen wir die ersten Geiseln
südwest raus. Ok! Kriegt ihr das hin?"
"Klar, auf dem Weg!"
Sie wenden sich ab und suchen ihr Ziel
"King Six! Here Is Eagle Five! We Are On The Way!"
Warten. Nervzerreissendes warten. Die beiden müssen sich melden.
Der Einsatz läuft nicht lautlos ab. Wir hören MG - Feuer. Scheisse. Doch zu viel hier.
Warten. Verdammtes warten.
"Here Is Peter! Theo Is Down! I Say Again! Theo Is Down. I am Going East!"
Ich guck die Jungs an, wir alle wissen, was das bedeutet.
"Rein da! Angriff! In Position!"
Wir rennen noch ein bischen und liegen in Position. Konzentration jetzt. Ein Fehler
und das Ding geht noch mehr schief.
"GPS!"
"Drei bei den Geiseln. Einer hinterm Haus."
"Ok, den danach, das mach ich. Ihr kümmert euch um die Geiseln. Die dürfen
nicht wegrennen im Schock. Macht ihnen klar, hinlegen und warten. Wir müssen
noch den Norden des Dorfs nehmen!"
"Ok!"
"Sniper auf Chip! Good Luck Jungs!"
Sniper auf Chip, heisst nichts anderes, als das die Waffen auf ein Computersystem
umgestellt werden. Wir müssen drei Geiselnehmer gleichzeitig eliminieren.
Das geht nur, wenn jede Sniper ein grünes X im Zielfernrohr anzeigt. Das grüne
X steht dafür, jeder Schütze hat ein vom biologischem

Standpunkt ausgesehen,
tödlichen Schuss aufliegen. Leuchtet ein X nicht, geht
keines der Gewehre los.
"Clear!" "Clear!" "Clear!"
"Feuer!"
"Auf! Auf! Los!"
Der vierte kommt um die Hausecke. Ratatatatata. Das M 4
haut ihn um.
"Lay Down Lay Down! We Are Friends! Lay Down!"
Die sind so geschockt, die gehorchen. Sie schmeissen sich
auf die Erde.
Ein Schuss peitscht.
Neinnnnnnnnnnnnnnnnnnnnnnnnnnnnnnnnnnnnnnnnnnn!
Es geschieht wie in Zeitlupe. Thomas überschlägt sich. Ich
sehe sein Blut und
sein Gehirn. Mein Denken wird ausgeschaltet. Das ist alles
so langsam.
"Der Turm! Verdammt, der Turm!"
Alles knallt raus. Das ganze M 4 ist leer. Magazinwechsel.
"Thomasssssssssssssssssssssssssssssssssssssssss!"
Ich renn zu ihm. Er hat kein Gesicht mehr. Mein Gott! Wie
soll ich das seiner
Mutter sagen! Wenn ich überhaupt hier raus komme. Ich
hab schon oft geweint.
Ich glaube, heute am bittersten.
"Scheisse, oh Mann, Scheisseeeeeeeeeeeeeeeeeeeeeeee!"
Ich krall mit den Händen im Boden. Ich stosse einen
Schrei aus, der übertrifft Tarzan.
Ich stöhne. "David, sichern. Wir müssen die Umgebung
sichern."
Er schaut mich nur leer an. Genauso geschockt wie ich.
Das läuft alles schief.
Es herrscht Ruhe. Es fällt nicht ein Schuss. Niemand redet
was.

Nichtmal die grad befreiten Geiseln. Sie liegen nur da
zitternd unter Schock.
Ich fang langsam an zu sprechen. Zuerst in die
Funkeinrichtung.
"Peter? Peter, wo bist du?"
"Liege im Osten gut 800 Meter vor der Pyramide."
"Ok, wir haben Thomas verloren!"
"Nein, Mist so ne Scheisse!"
"Ich hab Theo verloren, er liegt im Süden am ersten
Haus!"
"Ich habs geahnt. Bleib liegen, rühr dich nicht!"
Langsam steh ich auf. Wende mich den befreiten Leuten
zu.
"Seid ihr ok? Könnt ihr gehen? Versteht ihr mich?"
"Ja!"
"Gut, ihr müsst nach Süden, in das Tal. Sind 1000 Meter!
Schafft ihr das?
Dort werden wir abgeholt. Wir müssen noch in den
Norden, euren Chef holen."
Sie schauen sich an.
"Ja, das schaffen wir. Danke."
"Geht, wir sind bald bei euch!"
Sie ziehen los. Wir warten noch und sichern. Nach einigen
Minuten, sehen wir sie
nicht mehr. Ein bischen müssen sie auch selber tun.
"David?"
"Ja?"
"Jetzt wirds hart. Bist du bereit?"
"Ja, alles klar!"
"Peter?"
"Hier!"
"Wir gehen jetzt langsam über die Westseite an den
Nordrand des Dorfes.
Solange bleibst du, wo du bist!"

"Ok, Verstanden!"
David und ich ziehen los. Die Westseite des Dorfes hoch.
Das GPS zeigt im
Dorf nichts mehr, das will aber nichts heissen.
Das ist Häuserkampf. Plötzlich fällt ein Schuss. Knapp
jagt der vorbei.
Wir gehen volle Deckung. "Graben, dahinten ist ein
Graben!"
"Granaten, rein damit!" Wir werfen zwei Granaten.
Danach Ruhe.
Danach erreichen wir unbeschadet den Nordrand des
Dorfes.
Wir liegen in der Deckung des letzten Hauses. Ferngläser
an die Augen.
"Zwei Mann oben am Pyramideneingang. Die Geisel ist
auch draussen.
Gefesselt. Sonst nichts zu sehen."
"Ja, ausser freier Fläche. Das ist verdammt weit, keine
Deckung."
"Peter?" "Hier." "Was siehst du?"
"Hab im Osten drei Fahrzeuge mit zwei Wachen."
"Kriegst du die hin? Wir übernehmen die beiden oben an
der Pyramide!"
"Ja, alles klar!"
"David, du den rechten, ich den linken. Und dann nichts
wie los!"
"Willst noch eine rauchen vorher?"
"Du bist ein Arschloch!"
"Das muss gleichzeitig gehen, schaut auf eure Uhren! Ab
jetzt! 120 Sekunden!"
Zwei Minuten , verdammt lange Zeit.
Plopp, Plopp! Zweimal verrichten die Silentsnipers ihre
Arbeit. Wir lassen sie
einfach liegen. Dann springen wir mit dem M 4 in der

Hand auf und rennen.

Im Osten bricht die Hölle los. Wir hören das Bellen der M
4 und als Antwort
das Tackern von AK's 47. Im Rennen registriert mein
Gehör noch, das ich als
letztes eine AK 47 höre. Das darf nicht wahr sein, denk ich
noch.

Ich rauche viel, aber meine Geschwindigkeit beim Laufen
ist
olympiarekordverdächtig. Wir erreichen die Pyramide und
stürmen die
Stufen hoch. Oben angekommen, brüll ich den gefesselten
Diplomaten an:

"Ist da noch einer drin?"

"Nein."

"Gut. Wir machen sie los, können sie gehen? Wir müssen
hier weg!"

"Ja!"

Wir befreien ihn und bringen ihn die Stufen runter.

"Peter? Hier ist Mike, Peter, melde dich?" Nichts.

"David, bring ihn zum Dorf. Warte am Nordrand auf mich.
Ich schau nach Peter." "Ok!"

Dem Osten wende ich mich zu, ganz langsam. Ich erkenne
die brennenden
Fahrzeuge. Kein Leben mehr dort. Ich finde Peter. Ich
sinke neben ihm tiefer.

Mein Körper zittert, ist doch alles scheisse hier. Warum
haben wir uns das angetan?

Ich rauche zwei Zigaretten nacheinander und weine
hemmungslos.

Dann greif ich mit belegter Stimme nach der
Funksprechtaste.

"King Six! Here Is Eagle Five!"

"Eagle Five! Here Is King Six! We Here You!"

"The Hostages Are Free! Eagle Five Is Down Increase Two!
We Need Black Widow In 30 Minutes!"
"Roger! We Get Your Team! Go To Extractionpoint! We Are Coming In!"
Ich geh in Richtung David. Das GPS zeigt nichts mehr an. Wir rechnen auch
nicht mehr mit einer Attacke.
"Hi David. Wir müssen zum Tal. Black Widow kommt. Wir haben noch 23 Minuten!"
"Ok, auf, gehen wir!"
Wir machen uns auf den Weg. Mit dem Diplomaten. Wir denken, es ist vorbei.
Da peitscht ein Schuss! Heckenschütze!
David dreht sich mehrfach um die eigene Achse und fällt hin. Ich reiss das M 4 an
die Schulter. Nichts zu sehen. Ich weiss nicht, woher der Schuss kam.
"Rennen Sie!" Brüll ich den Diplomaten an.
Ich schau, ich seh mich um, ich find kein Ziel. Woher kam der Schuss?
David stöhnt, sollen sie mich doch auch erschiessen, ich muss ihm helfen.
Die Kugel kam von der Seite, drang durch die Schulter ein, da hilft keine
Schussweste. Er blutet heftig darunter. Ich hab keine Zeit, das näher zu
begutachten. Ich muss ihn hier rausbringen. Er lebt noch. Ich schreie in das Funkgerät.
"King Six! Ich brauch Black Widow! Ich hab einen Schwerstverwundeten!"
Erst da wird mir klar, ich sprech Deutsch. Ich bin im Stress.
Komischerweiser, verstehen die das plötzlich.

David! Mir ist scheiss egal, ob der nochmal schiesst. Ich ergreife David wie
ein kleines Kind und trag ihn zum Landepunkt.
Schiess doch! Schiess doch noch einmal! Es war mir zu diesem Zeitpunkt egal.

Kapitel 12: Der Rückflug

Wir sind am vorgeplantem Landeplatz. Die ersten Geiseln zittern noch.
Sie sind froh, uns zu sehen. Aber ich hab keine Zeit für sie. Mit dem First Aid
Kit versuch ich Davids Blutung so gut es geht zu stillen. Aber es sackert raus.
Mann wo bleiben die? Müssen doch bald hier sein. Ich schau David an.
"Gehts noch Junge? Mensch, bleib bei mir!"
"Es schmerzt. Riesig." Er stöhnt.
"Mike! Hast ne Zigarette für mich?"
"Du rauchst doch nicht?"
"Das sieht man doch immer in den Filmen. Die letzte Zigarette."
"Mann, die sind gleich da und dann sind wir raus hier. Du kriegst von mir
ne Kippe, wenn du aus dem Krankenhaus kommst."
Er stöhnt nur noch. Dann hör ich sie. Zwei Hubschrauber kommen rein.
Endlich. Der eine wird langsamer und geht tiefer. Er nimmt Kurs auf uns.
Der zweite geht plötzlich in eine Schleife, nimmt Kurs auf das Ruinendorf.
Dann legt er sich auf die linke Seite. Und es bricht los.
Aus zwei MG's jagen die Jungs raus was sie haben. Sie erledigen den Heckenschützen.
"Hörst du das David? Das ist für dich!"
Dann dreht er ab, Richtung Osten. Ich weiss, jetzt holen sie meine toten Kameraden.
Unser Hubschrauber ist jetzt auch unten.
"Rein da, alle rein da!"
Ich trag David ganz sacht und vorsichtig und leg ihn ab.

Der Lebenssaft läuft nur so.
"Go On! Macht Dampf! Sonst verblutet er mir!"
Der Hubschrauber steigt auf, wir fliegen zurück. Es dauert eine ganze Weile. Dann
nähert sich der Zweite. Irgendwann ist er auf gleicher Höhe.
Die amerikanischen Soldaten dort nicken mir kurz zu. Ein Gruss. Sie schauen ernst.
Sie wissen, wie ich mich fühle.
Ich sehe die schwarzen Plastiksäcke. Ich fühle mich so hilflos. Ich kann nicht dafür.
Es kommt mir hoch. Ich jag ne volle Salve Kotze aus dem Hubschrauber.
Ich atme heftig. Putz mir den Mund mit dem Ärmel ab. Da merk ich, das der
Chefdiplomat mich anstarrt. Plötzlich werd ich eiskalt.
"Diese Männer, sind für Sie gestorben! Für Sie! Wenn Sie nichts tun für den
Frieden hier, dann komm ich zurück! Das ist ein Versprechen!"
Der Hubschrauber geht in Landeanflug. Für David steht alles bereit. Er kommt
ins Hospital. Die Geiseln werden genauso schnell abgeholt.
Ein amerikanischer Offizier schaut mich an.
"Sie sollen zum Stab! Sofort!"
"Ist mir klar!"
Ich gehe zur Einsatzzentrale, zum Stab. Erst langsam, dann immer schneller.
Ich weiss, was ich zu tun habe. Ich betrete den Raum und geh zum Tisch meines
Chefs. Wortlos schau ich ihm in die Augen. Dann knall ich ihm das M 4 auf den Tisch.
Dann zieh ich die Neun Millimeter aus der Hüfte und knall

sie daneben.

Dann schnall ich den ganzen Gürtel ab mit dem ganzem Gedöse und leg es oben drauf.

"Das wars! Ich fasse nie wieder eine Waffe an!"

Ich dreh mich um und geh zur Tür. Da bleib ich nochmal stehen.

"Meinen Bericht kriegt ihr Morgen!"

Damit verlass ich den Stab. Niemand, versucht mich aufzuhalten.

Später im Casino. Ich sitz alleine an einem Tisch und trink Bier. Mein Chef nähert

sich. Schweigend setzt er sich und ordert Bier. Minutenlang sitzen wir so da.

"Wie gehts dir?"

"Kacke, echt Kacke!" Meine Augen blicken ins Leere.

"Willst du psychologische Betreuung?"

"Nein. Nicht jetzt. Zumindest jetzt noch nicht. Ich will einen Rückflug!"

Mein Chef nickt. Schweigend trinken wir.

"Ich hab schon telefoniert. Wir kriegen die Hospitalmaschine der Luftwaffe. David

muss dringend Heim. Er ist schwerst verletzt. Zwei bis drei Tage, dann geht der Flug!"

"Das ist gut."

Wieder schweigen wir. Lange. Der Barkeeper kommt vorbei. Plötzlich schreit mein Chef.

"Bring mal ne Flasche Whiskey und Bier, aber Dalli!"

Grins, so mag ich ihn. Scheiss Leben.

Die Gangway hinauf. Ich bin im Flugzeug. Anschallen. Starten. Abheben.

Wir haben Flughöhe. Ich schnall mich los und geh nach vorne.

"Wo ist hier der medizinische Intensivbereich?"

Er schaut mich scharf an. Er scheint zu wissen, was passiert ist.

"Folgen Sie mir, ich bring Sie hin."

Ich muss mir so einen komischen Plastikumhang anziehen. Dann darf ich rein.

Modernste medizinische Technik. Wenigstens das tun sie für uns, denk ich.

Eine Schwester kommt auf mich zu. Sie führt mich zu David.

"Künstliches Koma! Wir wollen ja nicht, das er uns hier in der Luft stirbt!"

Sie rollt mir einen kleinen Hocker rüber. Ich setz mich und schau David an.

War es das wert? Ich hör noch die Funksprüche!

Is Down! Is Down! Is Down!

Ich seh sie durch die Luft wirbeln, ohne Gesicht.

War es das wert?

Ich spüre noch Davids Blut durch meine Finger laufen.

War es das wert?

Ich geh zurück nach oben. Setz mich und bin nur am Grübeln.

"Hey, habt ihr Bier und Zigaretten an Bord?"

"Ja sicher."

"Ok, dann mal ran damit."

Ich muss mein scheiss Gehirn betäuben. Anders geht das nicht.

"Schnallen Sie sich bitte an, wir gehen gleich in Landeanflug auf
den Flughafen Köln - Wahn."

Wir landen. Endlich steht die Maschine. Ich bin der erste am Ausgang.

Ich will hier so schnell wie möglich wcg. Will die scheinheiligen Worte nicht
hören, die Gesichter ihrer Frauen, Kinder, Väter und

Mütter nicht sehen.

Nicht die ganze Ehrenzeremonie. Nur weg.

Ich werd in Empfang genommen.

"Mike? Was ist schief gelaufen?"

"Alles!"

"Wie geht es Ihnen?"

"Scheisse! Ich will hier weg!"

"Ok, das ist Heinz. Er wird Sie nach Hause fahren!"

Zu Hause. Du Arschloch. Was ist ein zu Hause?

Ich folge Heinz durch den abgeschirmten Bereich. Ich werd nicht kontrolliert.

Er führt mich zu einem Wagen. Ich steig ein.

"Wo solls hingehen? Wo wohnst du?"

"Wir sind doch hier in Köln, oder?"

"Ja."

"Ich mach dir die Fahrt einfach. Altstadt Süd. Severinstr. 1. Da will ich hin."

Auf der Severinstrasse Nummer 1 hält er. Ich steig aus.

"Ok, Danke!"

Ich atme tief durch. Die frische Luft tut gut. Hier war ich mal zu Haus.

Hier fühlte ich mich wohl. Das ist 20 Jahre her. Wird mich wohl keiner mehr

kennen. Trotzdem klapper ich jede dieser wunderbaren kleinen Kneipen ab.

Mit den ehrlichen Menschen. Ein Kölsch nach dem anderem.

Immer wieder seh ich diese Bilder. Von meinen Kameraden. Ihre nicht mehr

vorhandenen Gesichter, ihr Blut, ihre Gehirnmasse, ihre Verrenkungen in der Agonie.

Ich höre ihre Stimmen, ihr Lachen, ihr Reden.

Mit jedem weiterem Kölsch, verschwimmen diese Bilder, werden unklarer.

Das ist gut so.

Irgendwann bin ich voll. Ich wanke Richtung City.

Hauptbahnhof.

Geht nur langsam, meine Glieder sind schwer. Ich find den Bahnhof nicht.

Dafür lande ich auf der Domplatte. Vielleicht bin ich ja doch fromm.

Mist, da steht ein Streifenwagen. Mit denen will ich nichts mehr zu tun haben.

Ich wende mich ab und such den Bahnhof.

"Hey du Penner, hau nicht ab, bleib stehen!"

Hat der grad Penner gesagt, der Polizist? Ich bleib stocksteif stehen und

dreh mich um. Ich geh auf ihn zu und er auf mich.

"Michael?"

"Ali?"

"Ja, oh Mann!"

"Ich heiss heut Mike," und grinse.

"Jungs, das ist der Schlächter von Ehrenfeld! Eine lebende Legende!"

"Das ist Ali Alberg, der graue Panther!" Gröhl ich. Er zieht mich mit.

Er schmeisst sich an den Funk.

"Arnold 14/01 von Arnold 14/22!"

"Höre!"

"Haben wir Männer im Dienst die vor 20 Jahren schon bei uns waren?"

"Nur den Ralf."

"Der soll seinen Arsch mit seinem Streifenwagen auf die Domplatte bewegen.

Und bei der nächsten Tanke nen Sixpack mit einpacken. Ich hab hier ne echte

Hilo!"

25 Minuten später seh ich Ralf wieder. Das gibsts doch

nicht. Erstmal nen Kölsch.

Ja, das funktioniert hier immer noch reibungslos.

"Wo ist der Bahnhof?"

"Wir bringen dich hin!"

Gut so. Hauptsache, ich kriege den Zug, in die richtige Richtung.

Kapitel 13: 45 Quadratmeter

Da bin ich wieder. In meinem 45 Quadratmeter
Singleapartment.
Niemand wartet auf mich. So wie ich bin, fall ich auf die
Couch. Rausch
auspennen. Irgendwann werd ich wach, völlig verkatert.
Duschen.
Dann einkaufen, ist ja nichts da hier. Endlich Kaffee. Ich
mach Fernsehen an.
Es laufen Nachrichten. Bombenanschlag in Bagdad.
Selbstmordattentat
in Kabul. Schnell mach ich wieder aus. Ich will das nicht
hören. Die Hälfte
davon ist eh gelogen. Ich mach den Fernseher nicht mehr
an. Ich schau aus
dem Fenster. Es ist grau. Es regnet.Menschen hasten
vorbei. Keiner hat einen
Blick für den anderen. Ihr seid egoistisch und
egozentrisch. Ihr alle seid
eine komplett kranke Gesellschaft. So denke ich.
Sollte ich mal wen anrufen? Lieber nicht, mir fällt
niemand ein, den ich
anrufen könnte. Ich mach den PC an, geh in irgendeinen
Chat. Ich unterhalte
mich mit wildfremden Leuten. Das wird jetzt mein
Tagesablauf. Einkaufen,
chatten, saufen. Ich bin total einsam. Damit ich das reden
nicht verlerne,
sprech ich manchmal mit den Gegenständen die ich habe.
Oder mit einer
Kartoffel, die ich schäle.
"Na, du hast aber viele Druckstellen, macht nix, ich ess
dich trotzdem."

So plätschern die Tage dahin. Mein offizieller Status ist: Im Urlaub.
Dann geht mein Telefon. Ich geh ran: "Ja?"
"Mike? Hier ist Bücker." Mein Dienststellenleiter.
"Ich hab schlechte Nachrichten. Den Job als Diensthundführer kannst du vergessen. Die Behördenleitung hat anders entschieden."
"Aber das haben die mir versprochen."
"Tut mir leid."
"Und was ist mit dem Innendienstjob?"
"Die haben da einen mit Bandscheibenvorfall, der kommt da hin."
"Ok, verstehe, alles klar."
"Meld dich, wenn du soweit bist. Du machst normalen Dienst."
Verlogene Drecksbande. Ihr könnt mich mal. Fünf Bier weiter bin ich
so weit. Ich schreib meine Kündigung. Ich hab die Schnauze voll. Ich nicht mehr.
Endgültig.
Morgen hab ich noch einen Termin beim Psychiater, der mir das Trauma aus dem Kopf
machen soll. Der hat eh keine Ahnung, den werd ich zum Abschluss auch noch
verarschen. Ich kenn ein liebes Mädchen, 15 Jahre, die kann unheimlich gut zeichnen.
Der Psychiater will ein Bild von mir, er wird eins kriegen. Dann wird er mich nicht
wieder sehen.
"Malst du mir ein Bild?"
"Wieso?"
"Der bescheuerte Arzt will, das ich mein Leben zeichne, malst mir eins?"
Sie grinst.

"Was soll denn drauf?"
"Hm, mal ein paar Tiere. Und in die Mitte malst du ein paar fickende Frösche!
Das kommt gut, dann hat er was zu analysieren."
Wir lachen.
"Ok, ist gleich fertig."
Sie braucht eine gute halbe Stunde, dann ist es fertig. Echt geil, die Frösche.
Am nächsten Tag in der Praxis. Das übliche BlaBla.
"Haben Sie mir ein Bild gezeichnet?"
"Ja aber selbstverständlich."
Ich reiche es ihm.
"Das ist ja unglaublich. So präzise. So ein Bild hat mir hier noch niemand abgegeben."
"Ja, ich arbeite mit präziser tödlicher Perfektion!"
So du Arschloch, jetzt hast du was zu denken. Ich geh da nie wieder hin.
Hab jetzt abgeschlossen, mit dem alten Leben. Ihr könnt mich alle mal.
Ich sitz auf meiner Couch und mach mir ein Bier auf. Ich bin Anfang 40.
Was fang ich jetzt an mit meinem Restleben? Noch hab ich Geld genug.
Ich sollte erstmal richtig Urlaub machen. Ich pack das was ich brauche und
mitkriege. Dann schlafen. Morgen früh gehts los.

Kapitel 14: Tschechien 1

Der Vierzylinder unter mir schnurrt wie ein Kätzchen. Es sind 24 Grad,
Sonnenschein. Perfektes Wetter. Meine Gold Wing rollt über die A 4
immer weiter Richtung Osten. Aus den Lautsprechern dröhnt Queen:
I Want To Break Free!
Ich fühl mich gut und lass einfach rollen. Ich zieh durch. Möchte noch heut
die Grenze erreichen. Ha, da ist sie. Und die Schlange. Es dauert drei
Stunden. Dann bin ich in Tschechien. Ich überleg, im ersten Ort der kommt,
nimmst du dir eine Pension. Ich bin jetzt elf Stunden unterwegs. Es kommt ein
Ort. Oh mein Gott, hier sieht es aus, als ob der zweite Weltkrieg noch
mitten im Gang wär. Ich fahr ein paarmal hin und her. Da, endlich. Ein kleines
Schild. Pension. Da geh ich rein, ich kann nicht mehr für heute. Das Zimmer
geht klar. Ich bestell mir ein Bier. Der Wirt kommt auf mich zu.
"Du musst dein Bike hinters Haus fahren. Komm, ich zeigs dir. Ich hab da
einen Holzstapel, dahinter stellst du es und ich mach Plane drüber.
Sonst ist es morgen weg!"
Mann, ist der mir symphatisch. Wir machen das so und Plane drüber.
"So ist es gut," sagt er und lächelt. Ich lad ihn zum Bier ein.

Frage, ob sie auch Küche haben. Er verneint, nur Zimmer.
Später geh ich in die Stadt. Ein Restaurant suchen. Es ist
halb zehn Abends.
Ich stelle fest, es gibt hier kein Restaurant. Da seh ich was.
China Restaurant.
Das einzige. Ich hab Hunger und betret das Lokal.
"Entschuldigung, wir haben Küche zu."
Um halb zehn. Ich werd mehr oder weniger
rausgeschmissen.
Dahinten ist noch eine Leuchtreklame. Bar! Und ein Pfeil
in den Hinterhof.
Egal. Es gibt ja hier sonst nichts. Hinterhof, Treppe runter,
Tür ist zu, klingeln.
Eine glatzköpfige Kante öffnet. Puh, der sieht aus wie
Mike Tyson. Ich geh rein.
Die Theke ist leer. Sechs Mädchen räkeln sich auf
verschiedenen Sofas.
Ich setzt mich auf den Barhocker.
"Ein Bier."
Wortlos stellt mir der glatzköpfige eine Flasche Bier hin.
Ich bin der einzige Gast.
Die werden mich hier ausnehmen, das ist nicht geheuer
hier.
"Habt ihr auch was zu Essen?"
"Nein, aber ich könnte was besorgen."
"Was denn?"
"Ich hab nen Kurier zur Grenze, da ist Mc Donalds."
"Echt? Ich brauch was zum Futtern. Ne Riesentüte
querbeet. Für euch auch,
wer was will."
Der Glatzköpfige lächelt.
"Ok, geht klar."
Mir passiert hier gar nichts. Die Menschen sind hier so
herrlich einfach und

unkompliziert. Ich bleib der einzige Gast und wir haben viel Spass.

Ich frag nach der Rechnung. 17 Euro. Ich war da fast fünf Stunden.

Am nächsten Mittag gehts weiter. Nordböhmen, Westböhmen.

Eine herrliche Landschaft. Ich toure einmal quer durch Tschechien.

Ich fühl mich so gut, wie lange nicht mehr. Dann nehm ich Kurs auf Prag.

Die goldene Stadt. Diesen Namen trägt die Stadt zu Recht. Wundervoll.

Die Stadt der Liebe. Prag ist Versuchung pur, in jeglicher Hinsicht.

Vier Tage halte ich mich dort auf. Dann weiter. Riesengebirge, Atlasgebirge,

dann fahr ich auf die Grenze zu. In den berühmt berüchtigten Ort Dubi.

Dort will ich übernachten, bevor ich am nächsten Morgen zurück fahr.

Dubi ist die Stadt der Nutten und Zuhälter. Sie stehen hier überall. Dubi hat

den Ruf, das man sich dort nur am besten bewaffnet aufhält. Mir ist das

alles längst egal. Ich such mir ein Zimmer. Dann geh ich die Strasse hoch

und runter. Mit einem Kollegem war ich mal in Kopenhagen. Im Hafenviertel.

Der sagte, wenn du in solchen Gegenden Durst hast, musst du dir die von

aussen schmierigste und abgewrackteste Bude aussuchen. Da drin,

ist es am Besten. Ok, ich schau mich um.

Dahinten. Kaputter geht es nicht. Love Story steht an dem

Schuppen.

Im Fenster tanzen fünf Mädels. Doch die Trucks donnern alle vorbei.

Da geh ich rein, setz mich in eine Ecke und bestell ein Bier.

Ich werde von den Mädchen nicht bedrängt. Man lässt mich in Ruhe.

Dann kommt aus den Hinterräumen eine junge Frau rein und wendet

sich der Theke zu. Sie bekommt einen Kaffee. Sie ist nur leicht bekleidet.

Was für eine Gestalt. Dann dreht sie sich um. Ich fall fast von der Bank.

Was für eine Frau.

Sie sieht mich und kommt mit ihrem Kaffee auf mich zu.

"Möchtest du ein Mädchen?"

"Nein. Im Moment hab ich nur Durst."

"Ok, dann vielleicht später." Sie lächelt. Oh Mann, hier ist Aura, die haut mich um.

Es ist jetzt zwei Uhr Nachts. Sie kommt nochmals.

"Darf ich mich setzen?"

"Bitte!" Ich deute auf die Bank. Sie setzt sich.

"Du siehst traurig aus."

"Ich bin auch traurig."

"Darf ich was trinken?"

Aha, die alte Masche. Und dann: "Keine Angst, ich trink ein Bier.

Wir arbeiten hier nicht mit überteuerten Cocktails, die wie Pisse schmecken."

"Ok, Bier." Da kostet hier eine Flasche 50 Cent.

"Wie heisst du?"

"Mike."

"Oh, das heisst bei uns Mischka. Ich nenn dich Mischka. Mein Name ist

Jolana."
Sie ist so unglaublich, sie zieht mich in ihren Bann.
"Warum bist du so traurig?"
Ich weiss nicht, warum, aber ich erzähle und erzähle, höre
nicht mehr auf.
Mal legt sie ihre Hand auf meinen Oberschenkel, mal auf
die Schulter,
mal auf den Arm. Es ist, als würde ich mit einem lang
vertrautem Freund reden.
"Weisst du, wie wir hier trösten?"
"Nein."
"Pass auf, ich zeigs dir."
Sie nimmt meinen Kopf in ihre Hände und nähert sich mit
ihrem Gesicht.
Dann reibt sie ihre Nase an meiner Wange.
Jede ihrer Berührungen geht durch und durch.
"So, jetzt geht es dir besser."
Komisch, sie hat recht. Wir bestellen noch Bier.
Mittlerweile ist es 5 Uhr.
"Weisst du, hier kommen nur verschwitzte Trucker rein,
mit grosser Fresse.
So einer wie du, war noch nie hier."
Ich schau sie an, was soll ich sagen?
"Wo hast du dein Zimmer?"
"Unten an der Strasse, in der Pension gegenüber der
Tankstelle."
"Die haben gute Betten. Kann ich bei dir schlafen? Die
Betten hier sind scheisse."
"Gut. Komm wir gehen."
Wir haben ein ganzes Stück zu laufen. Plötzlich fühl ich
ihre Hand in meiner.
Wir sprechen nichts. Da ist die Pension. Aufs Zimmer.
"Geile Betten. Nicht son Mist wie bei uns!"
Sie fängt an sich auszuziehen. Ich geh ins Bad. Als ich

wieder raus komm,
liegt sie nackt im Bett, nur halb zugedeckt. Sie schläft.
Vollkommen fertig.
Ich lege mich und schau sie noch lange an. Sie ist toll.
Dann schlaf ich auch ein.
Dann wach ich auf, es ist halb zwölf Mittag. Ich schau
neben mich. Weg.
Jetzt fass mal in deine Hosentasche, alles weg. Von wegen,
alles da.
Ich steh auf und geh ins Bad. Da liegt ein Zettel auf dem
Waschbecken.
Lieber Mischka! Bitte fahr nicht weg, ohne noch mal im
Love Story
rein zu kommen. Jolana!
Oh Mann, was geht denn hier ab?
Ich geh Kaffee trinken, danach Maschine packen. Beim
Love Story halt ich an.
"Kaffee, ist Jolana da?"
Ich krieg meinen Kaffee. Dann rauscht sie um die Ecke.
"Mischka!"
Sie fliegt mir in die Arme. Sie drückt mich, hält mich fest.
"Mischka. In fünf Monaten hab ich Geburtstag. Kommst
du wieder?
Am 25., bitte komm, bitte, ich lad dich ein. Da werd ich
24."
"Wo find ich dich? Hier? In der Bar? An deinem
Geburtstag?"
"Ich bin immer hier."
Was geht hier ab? Ich versteh alles nicht mehr. Mich auch
nicht.
"Ok, ich komm."
"Versprochen?"
"Versprochen!"
Wir tauschen noch die Handynummern. Dann muss ich

los.
Sie drückt mich fest zum Abschied.
Ich bin schon weit hinter Dresden und fahre einen
Rastplatz an.
Eine rauchen. Routinemässig schau ich auch aufs Handy.
Ich hab eine SMS.
"Mischka. Bitte komm wieder. Jolana."
Danach, hör ich nichts mehr von ihr.

Kapitel 15: Die Verfolgung

Das Büro des Behördenleiters.
"Er hat wirklich gekündigt? Das glaub ich nicht."
"Doch. Seit drei Tagen ist die Kündigung rechtskräftig."
"Das glaub ich nicht, das kann nicht wahr sein.
Wissen Sie, was das bedeutet?"
"Ja! Und er verklagt Sie. Besser gesagt, unsere Behörde.
Weil Sie ihm sein Restgeld gesperrt haben, was ihm
zusteht."
"Ich weiss, das ist ne Katastrophe!"
Der Behördenleiter setzt sich. Er grübelt. Alles schweigt
und wartet
auf ein Wort von ihm.
"Das Geld freigeben. Sofort! Meine Herren, wenn der
Mann auspackt,
dann rollen hier Köpfe. Er kennt alle Internas, war an allen
grossen
Einsätzen beteiligt. Auch an den nicht ganz so legalen.
Wenn der an die Öffentlichkeit geht, dann rollen hier
Köpfe!"
Schweigen im Raum.
"Wir müssen ihn aus dem Verkehr ziehen. Haben wir
Leute, die loyal sind?"
"Wir haben immer Leute, die schnell Karriere machen
möchten."
"Gut. Setzt die auf ihn an. Macht ihn fertig. Er muss so
unglaubwürdig sein
wie nur was. Am besten, wir kriegen ihn in den Knast!
Fangt an!"

Ich bin wieder in meinen 45 Quadratmetern. Tasche
ausleeren, Waschmaschine
anstellen. Da klingelt das Telefon.

"Ja?"

"Hi Mike, grüss dich, ich bins." Ein Kollege. Ex-Kollege.

"Hey du alte Socke, wie gehts dir?"

"Hör auf, ich will dich warnen. Sie wollen dich fertig machen. Sie haben mich auch gefragt, ob ich mit mache. Ich tue das nicht. Sei vorsichtig."

"Wer? Wen meinst du?"

"Frag nicht so blöd, du weisst genau wer. Du weisst zu viel!"

So langsam dämmerts mir.

"Ich danke dir. Gut, ich pass auf. Glaub, hab verstanden."

Ich trete ans Fenster und schau nach draussen. Tatsächlich. Da stehen sie.

Als ob ich das nicht erkennen würde. Wenn man schon observiert und raucht,

sollte man die Glut abdecken. Ihr habt mich ausgebildet. Ich kenne eure Schritte.

Und es wird immer heftiger in den nächsten Wochen. Ihr Arschlöcher!

Ich werde auf Schritt und Tritt verfolgt. Ich kann nicht mal zur Tanke fahren, um

mir Ziggis zu holen, ohne die Bullen am Arsch zu haben. Innerhalb von acht Wochen, nach meiner Kündigung, hab ich sieben Strafverfahren

am Arsch. Alle initiiert von meiner Ex-Behörde. Viermal werd ich frei gesprochen.

Drei mal verurteilt. Ich gehe bis vors Landgericht. Der Richter:

"Warum haben Sie das getan? Ihrem Kollegen gegenüber?"

"Aber der war doch kein Kollege mehr."

"Sie glauben, wenn ich jetzt hier kündige, dann sind meine Richterkollegen keine

Kollegen mehr? Hätte ich mich da so verändert, nur weil ich kündige?
Ich will von Ihnen wissen, warum?"
"Warum, warum, er war doch kein Kollege mehr."
"Geben Sie mir eine klare Antwort? Warum?"
"Warum, es ist halt so gelaufen in der Nacht."
"Der Zeuge ist für mich absolut unglaubwürdig."
Trotzdem hat er mich verurteilt. War klar, ich gehörte ja auch nicht mehr dazu.
Deswegen hat er mir auch vor der Verhandlung diesen unsauberen Deal angeboten.
Es war zu merken, das der Richter sich nicht wohl fühlte.
Er war alt und erfahren.
Er wusste was los war. Aber ich war ja der Verräter. Ich hatte gekündigt.
25 Jahre alles gegeben und mein Leben riskiert.
Ihr seid eine verlogene Drecksbande. Gut, das ich gekündigt hab.
Könnt ihr euch eigentlich noch im Spiegel anschauen?
Ich bin jetzt vorbestraft und hab Bewährung. Ich geh nicht mehr raus. Bleib in
meinen 45 Quadratmetern. Bitte meine Nachbarin, für mich einzukaufen.
Ich vereinsame. Ich kann das alles nicht verstehen. Wie kann man nur so lügen?
Erinnerungen:
Ein schönes zu Hause hatte ich. Eine gute Kindheit.
Wir hatten ein grosses Wohnzimmer. Das wurde allerdings nur zweimal im Jahr
betreten. Zu Weihnachten und zu Ostern. Ansonsten pflegte Muttern das nur.
Meistens sassen wir nur in der Küche oder im sogenanntem kleinem Zimmer.
Das war das Fernsehzimmer. Das war so bei uns, aber das

war auch ok.

Meine Eltern waren mächtig stolz. Unser Sohn ist Polizist. Vater hat sich echt den

Arsch aufgerissen, um uns alle am Kacken zu halten.

Jeder hatte seine Ausbildung, dank Vater.

Dann wurd ich 20, arbeitete in Köln. Ich war jung und es war hart.

In der Küche sagte ich zu ihm:

"Papa, ich glaub, ich kündige. Ich kann das alles nicht."

Er schaut mich an. Dann steht er auf.

"Komm mit."

Er geht ins Wohnzimmer, das gute Zimmer.

Es wird das erste und einzige Gespräch in diesem Zimmer.

Erst kurz vor seinem Tod, habe ich lange und intensive Vieraugengespräche mit ihm.

Bis dahin, war es das einzigste, und das in diesem Zimmer.

"Es ist nicht leicht. Nicht heute und nicht Morgen. Auch in 30 Jahren wird das Leben

hart sein. Merk dir das. Ich möchte, das du dabei bleibst, aber du musst mir eins

versprechen!"

"Was?"

"Bleib immer Mensch dabei!"

Jahre später hab ich ihn ein paar Wochen gepflegt.

Zumindest hab ich das versucht.

Er lag in seinem Krankenbett. Tut mir leid. Ich muss schon wieder. Ok.

Essen vom Herd. Toilettenwagen ran. Die Prozedur. Dann abwischen.

"Danke."

"Alles oki, gehts?"

"Nein, der andere hat gesagt, er kann das nicht? Mir den Arsch abwischen?

Nicht bei mir schlafen? Ich muss auf die Beine kommen.
Wer hat ihm den Arsch abgeputzt?
Und das über Jahre!"
"Reg dich nicht auf, bringt nichts."
Er liegt wieder im Bett. Ich geb mein Bestes.
Dann kommt wie jeden Abend die gleiche Frage. Es ist
eigentlich keine Frage.
Es ist eigentlich mehr ein Flehen.
"Schaust du mit mir heute Abend den Western? Musst du
aber nicht."
Er fleht. Der Film ist uninteressant. Er will reden.
Diese Abende werden lang. Manchmal gehen sie bis zum
Morgen.
Er erzählt alles. Sein ganzes Leben. Alles!
Ich bin sein Sohn. Es schmerzt und tut gleichzeitig so gut.
Wir waren auf einer Länge
"Papa? Kann ich dich was fragen?"
"Aber sicher."
"Hast du Angst vor dem Tod?"
Er schweigt kurz und schaut zur Decke.
"Nein, ich habe keine Angst vor dem Tod. Ich habe Angst,
das er zu früh kommt.
Ich habe noch zwei Dinge zu regeln. Das muss ich noch
schaffen!"
Er lächelt. Dann nennt er mir die zwei Dinge.
Für eins kann ich nicht. Bei dem anderem, kann ich
vielleicht helfen.
Ein paar Tage später ist er tot.

Wer will mich jetzt noch verfolgen? Wer will über mich
urteilen?
Wer will behaupten, zu wissen, wie ich mein Leben besser
gelebt haben sollte?
Wer?

Besteht die Welt nicht nur aus Scheinheiligen?
Wer?

Kapitel 16: Tschechien II

Ich muss hier weg, ich muss raus hier. Morgen hat Jolana Geburtstag. Ich habs
versprochen und ich brauch auch Abstand von hier. Ich mach mich auf den Weg
nach Dubi. Diesmal geh ich ins Hotel Astoria, das erste Haus im Ort. Ich sitz an
der Hotelbar und trink ein Bier. Es ist 17 h. Soll ich schon heute ins Love Story
oder erst morgen? Morgen ist der Geburtstag. Oder um Mitternacht. Um 20 h
ist die Sehnsucht zu gross, ich geh zum Love Story und trete ein. Nichts los. Kein
Gast. Die Mädchen sitzen alle in einer Ecke.
"Mischkaaaaaaaaaaaaaaaaaaaa!"
Sie fliegt mir entgegen, drückt und umarmt mich.
"Bier für Mischka," ruft sie. Wir setzen uns. Sie ist wirklich glücklich, mich zu sehen.
"Trink das Bier. Ich zieh mich schnell um, dann gehen wir."
Über die Theke ruft sie: "Ich mach frei! Bin weg!" Dann rennt sie nach hinten.
Nach einer Viertelstunde kommt sie wieder. Pulli, Jeans, abgeschminkt, das Haar
offen. Ein ganz normales Mädchen. Verwandlung pur in 15 Minuten.
Was ein Anblick.
"Gehen wir."
"Ok, hast du Hunger? Ich ja."
"Ja, lass uns was essen."
Wir sitzen im Hotelrestaurant. Essen, trinken und reden. Die Zeit rinnt nur so.
Es ist kurz vor zwölf. Punkt zwölf kommt sie. Die

bestellte Eistorte mit Kerzen.
Daneben leg ich ein kleines Päckchen.
"Herzlichen Glückwunsch Jolana, ich wünsche dir alles
Gute und Glück!"
Sie schaut mich fassungslos an. Dann bricht sie
hemmungslos in Tränen aus.
Ich ergreif ihre Hand und zieh sie um den Tisch herum und
halte sie.
Ihr Kopf liegt an meiner Schulter und weint und weint und
weint.
"Mischka, das hat noch nie jemand für mich gemacht,"
schluchzt sie.
Dann feiern wir. Die ganze Nacht. Früh morgens gehn wir
aufs Zimmer.
"Ich muss kurz ins Bad," sagt sie. "Ok."
Als sie wieder raus kommt, ist sie splitternackt. Ein Traum
von einer Frau.
Sie kommt langsam auf mich zu. Schaut mich an und
fängt an, mein Hemd
auf zu knöpfen.
"Lieb mich, liebe mich!"
Sie streift mein Hemd runter.
"Jolana, ich könnte dein Vater sein."
"Das ist doch egal, lieb mich!".
Sie öffnet meine Hose, sie rutscht runter.
"Komm," sagt sie und zieht mich ins Bett.
Wir liegen nackt in Umarmung und küssen uns in voller
Leidenschaft.
"Jolana, es geht nicht."
"Ich weiss, weil ich eine Nutte bin. Du bist halt kein
Trucker."
Ich schau sie an, dann küss ich sie.
"Nein, das ist es nicht."
"Ich werde dir morgen etwas zeigen. Vielleicht liebst du

mich dann.
Halt mich wenigstens fest."
Nackt und eng umschlungen schlafen wir ein.
Am nächsten Morgen beim Kaffee.
"Wann musst du im Love Story sein?"
"Heut gar nicht, wir fahren gleich los."
"Wohin?"
"Zu meiner Familie. Ich stell dich meiner Familie vor. Als
mein Mann."
"Sag mal, spinnst du jetzt?"
"Nein. Ich träume nur ein bischen. Komm, lass uns
fahren."
Sie führt mich in einen Vorort von Teplice. Vor einem
altem Haus halten wir.
Wir gehen den Flur durch und gleich hinten raus in einen
Garten. Rechts und
links sind Gemüsebeete. Ein Deutscher Schäferhund
kommt uns entgegen.
"Keine Angst, der tut nichts."
"Ich habe keine Angst."
Hinter dem Gemüsegarten kommt ein Stück Wiese. Hinten
links ist ein
Hundezwinger, rechts eine Art Laube. Vor dem Zwinger
sitzen drei Mädchen
im Teenageralter an einem billigem Plastikplanschbecken.
Jolana grüsst sie.
Ich nicke zum Gruss. Wir wenden uns der Laube zu. Da
am Tisch sitzt ein
alter Mann. Alt? Ende 50. Aber er sieht alt aus. Er hat ein
Bier in der Hand.
Auf dem Tisch steht eine 5 Liter Karaffe mit Bier.
"Papaaaaa!" Jolana fliegt im ihn die Arme
"Papa, das ist Mischka, er kommt aus Deutschland, er ist
mein Mmmm,

ähm, Freund."
Ich werf Jolana einen verstohlenen Blick zu. Sie lächelt nur.
Der Vater begrüsst mich herzlichst und deutet auf einen Stuhl.
"Ein Bier Mischka?"
"Ja, gerne."
Aus der Karaffe füllt er mir ein Glas. Wir trinken.
"Mein Vater braut das Bier selber. So hat er was zu tun und billiger ist
es auch. Das sind meine Schwestern."
Sie deutet auf die Mädchen am Planschbecken. Sie nennt ihre Namen
und ihr Alter. 11, 13 und 16 Jahre alt.
Wir sitzen, trinken und plauschen. Und plötzlich ist es, als wäre es wie früher.
Bei meinem Vater, auf der Terasse.
Plötzlich ruft Jolana: " Meine Mutter kommt!"
Ich schaue zum Haus, zu dem Weg zwischen den Gemüsebeeten.
Eine Frau nähert sich. Langsam. Gebückt. Am Stock. Ihr Gesicht freundlich,
aber voller Schmerz.
"Mama!" Jolana rennt zu ihr, begleitet sie dann langsam bis zur Laube.
"Mama, das ist Mischka, mein Freund." Sie lächelt verschmitzt.
"Wir sollten uns ein wenig ausruhen, komm mit," sagt sie zu ihrem Mann,
"lassen wir die beiden bis zum Kaffee alleine."
Der Vater steht auf. Erst jetzt seh ich, das er nach Krücken greift.
Als er aufsteht bemerke ich, das sein rechtes Bein fehlt.
Ganz langsam machen sich die beiden liebevoll auf den

Weg ins Haus.

"Ja," sagt Jolana, "das ist meine Familie. Mein Vater arbeitete hier im Sägewerk. Vor einigen Jahren gab es dort einen schweren Unfall. Er verlor sein Bein. Für eine Prothese haben wir kein Geld. Mutter zerbrach fast vor Sorge und Gram. Und die Kinder klein. Vielleicht kam deswegen bei ihr der Krebs zum Ausbruch. Sie hat nicht mehr lange. Das Leben hier ist hart. Hier gibt es nichts. Es gibt Familien, die stellen ihre Töchter mit 12 Jahren an die Strasse, weil sie nichts haben. Und dann kommen die Reichen im Mercedes und dann die Trucker. Es ist pervers hier. Aber solange ich jung und hübsch bin, stehen meine Schwestern nicht an der Strasse. Eine reicht. Verstehst du? Verstehst du jetzt, warum ich den Job machen muss? Sie haben sonst nichts!"

Ich schau sie fassungslos an. Ich hab schwer Tränen in den Augen.

Kein Mitleid. Ehrliche Tränen.

Am frühen Abend wird im Garten gegrillt zu Jolanas Geburtstag. Es ist herzlich und familiär. Ich bin fremd und trotzdem mitten drin. Es ist wie früher, wie bei uns zu Hause. Ich fühl mich sauwohl. Niemand denkt in diesem Moment daran, das Jolana eine Prostituierte ist. Ich auch nicht. Gegen Mitternacht sind wir wieder in Dubi im Hotel. Noch ein Absacker an der Theke, dann aufs Zimmer. Jolana schweigt. Sie sagt nicht mehr viel.

Sie zieht sich aus und legt sich ins Bett. Ich leg mich daneben. Ich schau sie an.

"Jolana?"

"Ja?"

"Lieb mich."

Sie schaut mich fragend an.

"Tu es, wenn du willst! Ich will!"

"Kommst du wieder, wenn wir das getan haben?"

"Ja!"

"Auch für immer? Du kannst eine Pension haben hier, hat 7 Zimmer. Steht leer.

Aber gut in Schuss. Du schaffst das, du kannst das!"

"Gut, ich komm. Mit oder ohne Pension. Was soll ich in Deutschland?"

Sie beugt sich aus dem Bett zu ihrer Handtasche. Sie holt etwas heraus.

Einen gefüllten, gestrickten Schneemann und ein Foto.

"Das geb ich dir. Wenn du mir das wieder bringst, dann lieben wir uns!"

Ich hab den Schneemann und das Foto noch heute.

Kapitel 17: Der Brief

Auf dem Weg zu meiner Wohnung. Ich hab viel zu tun.
Wohnung auflösen,
alles kündigen und dieser ganze Krempel. Ich geh nach
Tschechien, für immer.
Bei der Ankunft an meiner Wohnung nehm ich die Post
aus dem Briefkasten.
Ein Din A 4 Umschlag ist dabei. Von der Regierung. Was
wollen die denn
noch von mir. Ich öffne und lese erst die Kurzmitteilung
der Regierung. Sie sind
der Meinung, das der beiligende Brief nur für mich sein
kann. Ich lese:

An die Bundesregierung
in Deutschland
Berlin

In meinem Land war ein deutscher Polizist im Einsatz. Er
hiess Mike. Mehr
weiss ich leider nicht von ihm. Aber ich denke, Sie werden
ihn kennen.
Höflichst und dringendst bitte ich Sie, diesen Brief an
diesen Mann weiter
zu leiten.

Lieber Mike!
Ich bin in grosser Not und zutiefst verzweifelt. Ich kenne
niemanden ausser
dich auf dieser Welt, der mir helfen könnte. Die
Amerikaner hier lehnen jede
Hilfe ab. Sie sagen, geht sie nichts an, haben sie nichts mit
zu tun.

Mein Onkel ist mit Achmad ausgeritten. Sie sind nicht zurück gekehrt.
Er ist erfahren mein Onkel, er kommt immer wieder heim. Ich habe die
schlimme Befürchtung, das sie zufällig die Wege von Terroristen gekreuzt haben.
Sonst gibt es hier ja nichts. Vermutlich wurden sie getötet, doch hängt mein
ganzes Herz an der Hoffnung, das sie Leben und man sie gefangen hält.
Nur diese Hoffnung hält mich am Leben. Ich bin verzweifelt. Mein Achmad.
Die Amis tun nichts. Kannst du mir irgendwie helfen? Ich flehe dich an, hilf mir!
Gonscha

Ich lass den Brief sinken. Was ein Mist. Ich sehe diese kullerbraunen Augen
vor mir. Wie soll ich dir helfen? Soll ich etwa alleine die Wüste absuchen?
Ich bin in Deutschland. Wenn ich noch unten wäre, könnte man ja eine Streife fahren
dort, aber so? Ich brauch erstmal ein Bier und geh zum Kühlschrank.
Unwillkürlich muss ich daran denken, was mein Vater tun würde. Er würde helfen
und tun, was in seiner Macht stehen würde.
Doch was steht in meiner Macht? Eigentlich nichts.
Plötzlich reift in meinem Kopf ein wahnwitziger Gedanke.
So wahnsinnig, das wenn der Psychiater ihn wüsste, er würde mich in die Geschlossene sperren.
Wann hab ich eigentlich in meinem Leben mal das Richtige gemacht?

Irgendwie nie. Was ist das Richtige? Ich spüre, das ich einen Entscheidung treffen
muss. Für welchen braunen Augen entscheide ich mich?
Für die sinnlichen
braunen Augen von Jolana oder für die kullerbraunen Augen von Achmad?
Jolana wird irgendwie klar kommen. Das hat sie schon bewiesen.
Achmad nicht. Er ist ein kleiner Junge. Ich bin wahnsinnig.
Die Entscheidung ist gefallen. Jolana, du musst mich vergessen.
Wieviel Geld hab ich noch? 5.700. Abheben, bar in die Tasche. Dann zum
Reisebüro. Ein Rentnerpaar lässt sich über einen Urlaub auf Mallorca
beraten. Ich gönn euch das ja, aber beeilt euch ein bischen. Ich spiele mit
dem Globus, der auf der Theke steht. Endlich hat die Frau Zeit.
"Was kann ich für sie tun?"
Ich tipp auf den Globus und zeige auf das Land.
"Da will ich hin."
"Tut mir leid. In das Land haben wir keine Pauschalreisen."
"Ich will keine Pauschalreise. Ich will nur einen Flug, nur Hinflug!"
Sie schaut mich komisch an.
"Es gibt noch Fluggesellschaften die dort hin fliegen. Moment bitte,
ich schau nach."
"Der nächste Flug, den ich noch erreichen kann."
Sie tippselt an ihrem PC. "In vier Stunden hätte ich einen."
"Das schaff ich. Buchen!"

Ich kündige weder Wohnung, Telefon oder sonst was. Ich sage niemandem
Bescheid. Nehm nur meine kleine Reisetasche und auf zum Flughafen.
In vier Stunden wird der Mike einfach verschwunden sein.
Flughafen. Check In. Kurz darauf sitz ich in der Maschine.
Ready For Take Off!
Die Maschine hat Flughöhe. Meine Gedanken rasen.
Du bist durchgeknallt, absolut wahnsinng, völlig abgedreht, komplett verrückt.
Was tust du hier?

Kapitel 18: Das Camp

Das Flugzeug geht in Landeanflug. Es dauert alles. Hier herrschen strenge
Sicherheitsvorkehrungen. Irgendwann bin ich durch die Kontrollen.
Arabisches Palawer um mich herum. Ein wenig fahr ich mit dem Taxi.
Den Rest möchte ich zu Fuss gehen. Ich muss am Kindergarten vorbei.
Steht der noch? Ja, er ist noch da und wird benutzt. Das ist gut. Das tut gut.
Dann geh ich Richtung Camp. Ich hoffe, er ist noch da. Denn nur er würde
mir Hilfe geben. Langsam näher ich mich der Schleuse. Es sind noch gut 200 Meter.
Ich trage zivile Kleidung, bin unrasiert und habe eine Reisetasche in der Hand.
"Stop! Bleiben Sie stehen! Stellen Sie die Tasche ab! Heben Sie die Hände!"
Ich tu, was der Wachposten brüllt. Ganz langsam. Sie sind nervös hier.
Zwei Soldaten kommen mit angeschlagener Waffe auf mich zu. Ich rühr mich
keinen Millimeter. Dann kommt ein dritter hinterher, mit einer Sonde.
Er untersucht meine Reisetasche. Dann durchsuchen sie diese.
"Gefallen euch meine Unterhosen?"
Sie grinsen, mittlerweile haben sie meine Papiere.
"Was wollen Sie?"
"Ich möchte zu Cornel Mc Bride!"
Sie geleiten mich bis zur Schleuse. Sie trauen mir nicht.
Zwei Mann bewachen

mich, ein Dritter telefoniert.

"Der Cornel scheint den Mann zu kennen. Ihr sollt ihn zu ihm bringen."

Sie geleiten mich in das Büro von Cornel Mc Bride.

"Mike! Schön Sie zu sehen! Aber was machen Sie hier? Die Deutschen sind
hier nicht mehr."

"Freut mich, das es Ihnen gut geht, mit den deutschen Einheiten hab ich nichts
zu tun, sagen wir so, ich bin Privat hier."

"Privat? In so einem Land? Das nehm ich Ihnen nicht ab."

"Das weiss ich. Ich brauche Ihre Hilfe."

"Um was geht es?"

"Erinnern Sie sich an Achmad?"

"Ja, der Junge, für den Sie unseren Basketballkorb geklaut haben." Er grinst.

"Den Korb hab ich für alle Kinder hier geklaut. Das ist ein Unterschied."

"Ich frag nochmal, was wollen Sie?"

"Ihre Hilfe. Achmad ist verschwunden. In der Wüste, mit seinem Onkel."

"Ich weiss, diese Frau war hier, die Mutter. Das ist ein Vermisstenfall, damit
haben wir nichts zu tun. Das ist auch ausserhalb unseres Sektors.
Was soll ich da machen?"

"Nichts, nur mir helfen."

Dabei schau ich ihm scharf in die Augen.

"Was wollen Sie?"

"Eine Standardausrüstung, wie sie jeder Soldat hier hat. Nur den Standard,
ach ja, und ich brauch einen neutralen Jeep dazu."

"Sie sind verrückt, Sie wollen da raus? Alleine?"

"Ja!"

"Sie wissen genau, das ich Ihnen das nicht geben kann!"
"Haben Sie Kinder?"
"Ja, drei, zwei Jungs und ein Mädel, warum?"
"Schreiben Ihre Kinder Ihnen manchmal?"
"Ja, regelmässig."
"Waren schon mal vertrocknete Briefe dabei, weil Ihre Kinder beim Schreiben
geweint haben? Weil sie ihren Daddy vermissen?"
Mc Bride schaut mich nur noch an. Wir taxieren uns.
Ich denk, geb dir einen Ruck, sonst war alles umsonst.
"Cornel, denken Sie an Ihre Kinder! Achmad ist sowas wie mein Sohn!
Ich muss da hin! Vielleicht kann ich Euch auch neue Erkenntnisse liefern.
Bitte, ohne Sie bin ich verloren. Und Achmad auch."
Er schaut mich an. Lange. Ganz lange.
"Was wollen Sie genau?"
"Standardausrüstung. Einen neutralen Jeep. Na ja, und so drei bis vier
Annäherungsminen. Das wär alles. Ich bring Ihnen das Zeug in drei Wochen
wieder. Eure GPS - Daten wären von Vorteil. Und ein bischen Funkverkehr.
Ich bin ganz allein draussen."
"Sie sind verrückt. Sie wissen, das Annäherungsminen verboten sind?"
"Ja. Aber ich weiss auch, das ihr sie habt. Ich bin kein Soldat. Ich bin allein
da draussen. Ist ja nur für den Fall der Fälle."
"Was liegt Ihnen an diesem Kind?"
"Es ist nur ein Kind. Wie es in jedem Krieg geopfert wird, oder? Es ist ein
Mensch, ein junger Mensch! Stellen Sie sich vor, es wäre Ihre Tochter?"

Mc Bride faltet die Hände. Lange sagt er nichts, schaut vor sich hin.

Dann hebt er den Kopf und schaut mich an.

"Sie sind total verrückt! Weil Sie so verrückt sind, ich geb Ihnen die Ausrüstung!

Bringen Sie uns Ergebnisse! Sie sind total bescheuert!"

Ihr Amis auch!

Später sitz ich in dem alt bekannten Casino. Plötzlich springt alles auf.

Der Cornel betritt das Casino.

"Rühren!" Brüllt er.

Dann kommt er zu mir.

"Bier!"

Wir trinken und schweigen. Dann sagt er:

"Mike! Wenn das schief geht, ich kenne Sie nicht! Ich werde alles leugnen!

Sie verstehen das?"

"Ja! Danke!"

Danach besaufen wir uns schweigend.

Später wankt er raus. Ich schau ihm hinterher. Ich weiss es ganz genau.

Er denkt an seine Kinder.

Kapitel 19: Aufrüsten

Am nächsten Morgen rüste ich auf. Mc Bride hat Wort gehalten. Ein guter
Mann. Ausrüstung vom Feinsten. Ich schau auf die
Waffen. Ich hatte mir
geschworen, nie wieder eine Waffe anzufassen. Ich muss diesen Schwur
brechen. Es sind halt besondere Umstände. Mc Bride nähert sich.
"Mike! Meine Soldaten sind informiert, das sie unterwegs sind. Hier hab
ich noch ein Schreiben für Sie, damit kommen Sie schnell und reibungslos
durch unsere Checkpoints. Danach sind Sie alleine, das wissen Sie.
Mehr kann ich nicht für sie tun."
"Das ist mehr, als ich erwartet habe. Ich danke Ihnen!"
"Viel Glück mein Junge!"
Dann wendet er sich ab. Mein Junge. Ich fühl mich komisch berührt.
Wir sind halt Väter. Und so fühlt er. Er ist ein guter Mensch.
Ich verstau die Ausrüstung im Jeep. Die Amis gucken komisch. Die
denken nur, armer Irrer. Denkt was ihr wollt. Dann fahr ich los.
Vier bis fünf Stunden werd ich brauchen, bei diesen Pisten hier. In meinem
Magen grummelt es. Ich dachte, ich würde sie nie wieder sehen. Ich fahr zu
Gonscha. Geb es endlich zu Mike, denk ich so bei mir, irgendwas hat sie
bei dir ausgelöst. Ja, hat sie auch. Ich bin unruhig und

nervös. Aber der

Drang, sie zu sehen, wird immer grösser. Ich lass den Jeep rollen.

Dahinten ist es. Ich fahr direkt mitten auf den Hof. Sie hören das Auto

und kommen aus dem Haus. Gonscha steht vor mir. Mann, was ein Blick aus

ihren Augen. Sekundenlang schauen wir uns so an.

"Mike," haucht sie, "Mike, ich wusste, das du kommst. Ich wusste es. Danke!

Komm rein, du musst hungrig und durstig sein!"

Wir gehen ins Haus. Ihre alte Tante setzt sich schweigend in eine Ecke. Man

sieht ihr an, sie ist eine gebrochene Frau.

"Was ist hier los Gonscha? Was ist passiert?"

"Mein Onkel hat Achmad das Reiten beigebracht. Dann sagte er, heute reiten

wir aus. Sie wollten bis zum Rand des Gebirges, dann zurück. In zwei Stunden

sind wir wieder da. Mein Onkel ist ein erfahrener umsichtiger Mann. Hier gibt

es nichts, was ihnen gefährlich werden könnte. Wir haben bis zum Gebirge alles

abgesucht. Nichts. Keine Spur von ihnen. Ich bin total verzweifelt."

Sie fängt an zu weinen. Ihr Körper zuckt.

"Was glaubst du, was da passiert ist?"

"Mein Onkel hat immer vermutet, das sich in den Bergen Terroristen versteckt

halten. Er muss zufällig ihre Wege gekreuzt haben. Entweder hat man sie

erschossen oder verschleppt. Dieser verdammte Krieg. Das hat nichts mehr mit

heilig zu tun. Diese verdammten Fanatiker!"

"Wie lange ist das her?"
"Wir sind in der fünften Woche."
"Ach du scheisse."
Ich schau mir die Karte an.
"Mit dem Jeep kann ich nichts machen. Ich muss in die Berge."
"Willst du ein Pferd?"
"Mit meinen Hämorrhiden den ganzen Tag im Sattel? Nein Danke.
Ich geh zu Fuss. Ich hab Proviant für zehn Tage. Das heisst, ich geh fünf Tage rein
und fünf zurück. In zehn Tagen bin ich wieder hier. Mit oder ohne Ergebnis.
Mehr kann ich nicht für euch tun!"
"Danke Mike, Danke!"
"Hör auf mit dem Danke. Mein Vater hat das 2000 mal am Tag gesagt und ist
trotzdem gestorben."
Plötzlich steht ihre Tante auf. Gebeugt kommt die alte Frau auf mich zu.
Dann umarmt sie mich. Danach verneigt sie sich vor mich. Schweigend setzt
sie sich wieder in ihre Ecke. Ich bin komisch berührt.
"Möchtest du Wein? Bier haben wir hier nicht."
"Wein ist gut."
So sitzen wir bis tief in die Nacht. Müde werd ich nicht. Ist auch besser,
wenn ich besoffen losgeh. Dann denkt man nicht so viel nach.
Die meiste Zeit schweigen wir. Gonschas Hände liegen auf dem Tisch.
Unwillkürlich greif ich danach und leg meine Hand auf ihre.
Sie schaut mich an. Etwas durchströmt mich. Etwas, das

ich so noch
nicht kenne.
"Ich geh jetzt los."
Sie schweigt. Es ist, als wäre ihre Kehle wie zugeschnürt.
Ich kann auch
nichts sagen. Wortlos steh ich auf, greif nach der
Ausrüstung und geh.
Sie wird mir nachschauen, bis sie mich nicht mehr sieht.

Kapitel 20: Die Suche

Langsam wird es hell. Ich gehe Meter um Meter. Immer in die gleiche
Richtung. Ich erreich den Rand des Gebirges. Bis hier hin haben sie gesucht.
Es wird hügelig, aber es geht. Sind ja keine Alpen. Ich lege immer einige
hundert Meter zurück. Dann such ich die ganze Umgebung mit dem
Fernglas ab. Manchmal ein Blick auf das GPS. Nichts. Das zeigt gar nichts
an. Es wird dunkel. Ich schlag das Lager auf und rutsch in den Schlafsack.
Der erste Tag ist vorbei. Mit dem Hell werden gehts weiter. Immer mit
diesem gleichen Prinzip. Und es wird immer hügeliger. Ich finde nichts.
Keine Spuren, keine Hinweise, keine Anzeichen auf Menschen. So geht
das Stunde um Stunde bis es wieder dunkel wird. Auch der zweite Tag
brachte nichts.
Ich lieg im Schlafsack und grübel. Ein Mensch kann spurlos verschwinden.
So wie ich aus Deutschland. Aber gleich zwei mit zwei Pferden?
Irgendwo muss was sein, müssen Spuren sein!
Tag drei. Es geht immer höher in die Berge. Und nichts. Keine Spuren,
nichts auf dem GPS. Totale Einsamkeit, so scheint es. Und so fühl ich
mich auch, in dieser verdammt verlassenen Gegend.
Es ist schon später Nachmittag, ich sehe etwas im

Fernglas. Noch zu weit
weg, kann noch nichts erkennen. Ich näher mich dem
Punkt. Einige
hundert Meter weiter ist klar, dahinten liegt ein
Tierkadaver.
Ich erreich den Kadaver. Es ist ein Pferd, besser gesagt,
ein Pony.
Es ist noch gesattelt. Deutlich ist zu erkennen, das es
erschossen worden ist.
Achmad! Mein Blick schweift in die Weite der Berge. Wo
bist du?
Einige hundert Meter weiter find ich einen zweiten
Pferdekadaver.
Grösser als das Pony. Ebenfalls noch gesattelt und
erschossen.
Verdammt, Gonscha hatte Recht. Sie sind überfallen
worden.
Es gibt nur die beiden toten Pferde. Keine weiteren
Spuren.
Wo seid ihr? Lebt ihr noch oder seid ihr schon tot?
Ich muss weitersuchen, sie müssen irgendwo sein. Bis
zum
Dunkel werden marschier ich weiter, dann lager ich.
Nochmal ein
Blick aufs GPS. Nichts. Verdammt, irgendwie macht sich
Verzweiflung
breit. Es scheint aussichtslos in dieser Weite hier.
Tag Vier. Den ganzen Tag marschier ich und suche. Nichts
gar nichts.
Der fünfte Tag neigt sich dem Ende zu. Kein Ergebnis.
Morgen muss ich
umkehren, sonst reicht der Proviant nicht. So eine
Scheisse.
Achmad! Wo bist du? Mike, du kannst nicht umkehren. Er

muss
irgendwo sein. Teil dir den Proviant ein, fress weniger. Einen Tag hängst
du dran, diesen Tag gibst du dir noch. Du musst.
Tag Sechs. Meter um Meter kämpf ich mich durchs Gebirge. Nur ich
find nichts. Es ist zermürbend und ich bin verzweidelt. Als es Dunkel wird
und ich lagere, sag ich mir: Sinnlos, morgen früh kehrst du um, es geht nicht
anders, du hast alles versucht!
Ich liege im Schlafsack und döse. Richtig schlafen kann ich nicht. Noch ein
Blick auf das GPS. Nichts. Ich starre auf das Ding. Warum zeigst du mir nichts an?
Plötzlich ein roter Kreis. Nur knapp zehn Sekunden. Und verdammt nah.
Dann ist das Signal verschwunden. Plötzlich bin ich hellwach. Ganz nah.
Ich greif nach dem M 4. Das Signal war verdammt nahe. Ich gehe in die Richtung
die Anhöhe hinauf. Die letzten Meter vor dem Bergkamm robbe ich, dann
lieg ich oben. Ich benutze das Nachtsichtgerät, um überhaupt etwas erkennen
zu können. Vor mir liegt ein Talkessel. Wie so viele vorher. Dahinter die nächste
Gebirgswand. Wie so viele vorher. Aber da, es gibt einen Unterschied.
Die vor mir liegende Gebirgswand hat Grotten. Höhleneingänge. Fünf Stück
zähl ich. Deswegen zeigt das GPS nichts an. Ihr seid im Berg! Ich glaub, ich
hab eines dieser berühmt berüchtigten Tunnelsysteme

gefunden. Natürliche
Grotten im Berg, die ausgebaut wurden. Vier Stunden
beobachte ich die Eingänge.
Immer wieder stell ich Bewegung fest. Da muss ne ganze
Armee drin hausen.
Oh mein Gott! Ist Achmad da drin? Mein Bauchgefühl
sagt ja!
Lebt Achmad noch? Mein Bauchgefühl sagt ja! Kann man
das alleine einnehmen?
Mein Verstand sagt nein! Besser könnte ich mir hier selber
eine Kugel durch
den Kopf schiessen! Unmöglich!
"King Six! Here Is Eagle Five! Hört ihr mich?"
"Klar und deutlich Eagle Five! Schön, von Ihnen zu
hören."
"Habt ihr meine Position?"
"So deutlich, als wären Sie der Mann im Mond. Muss
ziemlich einsam da sein,
ausser Ihnen haben wir nämlich nichts."
"Könnt ihr auch nicht. Denn sie sind im Berg, im Fels."
"Was?"
"Sie haben richtig gehört. Hab fünf Eingänge direkt vor
mir. Wahrscheinlich
Tunnelsystem. Viel Bewegung, ziemlich viel. Ne ganze
Armee denk ich.
Ihr sucht an der falschen Stelle!"
"Warten Sie, ich hol den Befehlshaber!"
Ich brauch nur fünf Minuten warten.
"Mike, hier ist Mc Bride. Schön von Ihnen zu hören. Wie
gehts da draussen?"
"Ich könnt frische Socken gebrauchen, sonst gut." Er lacht
kurz.
"Sind Sie sicher mit dem, was meine Leute mir grad
gesagt haben?"

"Ja, absolut sicher. Ich bin auch sicher, das Achmad da drin ist. Ich brauch
eure Hilfe, alleine ist das nicht zu schaffen!"
"Mike, Sie wissen, das wir für dieses Gebiet kein Mandat haben!"
"Da haltet ihr euch doch sonst nicht dran!"
"Auch wenn man uns nie glaubt, wir halten uns immer daran!"
"Dann besorgen Sie dieses scheiss Mandat!"
"Das dauert Wochen. Mensch Mike, sehen Sie zu, das Sie ihren Arsch da
weg bewegen!"
"Yes Sir, ich hab verstanden!"
Es krächzt noch einmal.
"Mensch Junge, ich würde gerne verdammt, ich darf nicht!"
"Ist schon Ok Mc Bride, wir werden noch ein Bier trinken, bin Off!"
"Mike, vergessen Sie den Jungen, kommen Sie zurück, um Himmels Willen!"
Ich geb keine Antwort mehr.
Zurück an meinem Lagerplatz, rutsch ich in den Schlafsack. Der Hunger bohrt,
aber ich muss mir das einteilen. Schlafen geht nicht. Ich wälz mich hin und her.
Ich bin mir sicher, das Achmad da drin ist, überleg hin und her. Nein,
keine Chance alleine!
Das ist die Nacht, in der ich plötzlich komplett den Verstand verliere.
Urplötzlich versinke ich in einem grellem weissen warmen Licht. Das ganze
ist wie mit Nebel umzogen. Warm und hell und gütig. Von meiner realen

Umgebung, nehm ich nichts mehr wahr. Es ist unheimlich und gleichzeitig
wahnsinnig schön. In diesem Nebel taucht das Gesicht meines verstorbenen
Vaters auf. Klar und deutlich. Ein Mann, der in seinem Leben, aufopferungsvoll
alles ihm Mögliche, für jedes seiner Kinder, getan hat. Am Schluss wurde er
erbärmlich verraten!
Sein Gesicht schwebt vor mir in diesem Nebel. Sein Blick ist sanft.
Er schaut mich lange an. Dann spricht er plötzlich zu mir. Er sagt nur zwei Worte.
"Tu es!"
Genauso schnell, wie es gekommen ist, ist es auch wieder vorbei.
Ich lieg hier rum und denk, was war das denn? Ich schüttel mich einmal
Aber ich merke schon, in mir ist eine Veränderung vorgegangenen.
Meine Sinne arbeiten alle. Und das auf Hochtouren. Nur meine Vernunft
und mein Verstand, sind wie abgeschaltet. Den Verstand verloren.
Oder wie soll man das anders ausdrücken?
Unwillkürlich muss ich an meine Kindheit denken, diese schöne Zeit.
Diese Zeit, die mein Vater möglich gemacht hat, durch seine schier
unmenschliche Leistung und Liebe zu seinen Kindern.
Damals hab ich Karl May gelesen, Winnetou!
Ich muss grinsen und greif nach dem Funkgerät.
"King Six? Here Is Eagle Five!"
"Wir hören Sie Mike! Machen Sie, das Sie da weg

kommen! Hauen
Sie ab da, bevor es zu spät ist!"
"King Six? Sobald der Mond zum zweiten mal meinen
Himmel
überquert hat, greif ich an. Over!"
"Mike! Sind Sie total wahnsinnig geworden? Weg da!
Kommen Sie zurück!
Mikeeee! Junge, mach kein Scheiss! Werd vernünftig!"
Ich schalt den Funk aus. Ja, muss wohl so sein.
Ich bin total wahnsinnig geworden!

Kapitel 21: Der Angriff

Am nächsten Morgen bin ich wieder auf dem Bergkamm, ich werde hier den
ganzen Tag liegen bleiben. Beobachte das Tal und die Grotteneingänge.
Da herrscht Beschäftigung, nur raus kommen sie nicht. Ich zermarter mir
das Hirn, wie das, was ich vorhabe, gehen könnte. Ich komm auf keine
Lösung. Rein geht einfach. Aber lebendig raus, schier unmöglich.
Mein Schädel qualmt. Also muss ich zuerst den Rückzug planen, dann erst
das Eindringen. Aber wie soll das gehen? Den ganzen Tag lieg ich da oben
und denke nach. Immer wieder von vorne und neu. Was ein scheiss Spiel.
"Eagle Five! Hier ist Mc Bride! Verdammt Mike, melden Sie sich!"
"Cornel, ich grüsse Sie!"
"Ich sehe, Sie sind immer noch dort. Wann werden Sie vernünftig?"
"Ich bin vernünftig. Ich mach gerade sehr vernünftige strategische
Überlegungen. Das ist doch Vernunft, oder?"
"Du bist total bekloppt! Mach dich weg da!"
"Ja, mach ich ja. Morgen früh nach meinem Angriff!"
"Dir haben se total ins Gehirn geschissen, du Elchpissepinkler!
Mach dich da weg! Sofort!"
"Morgen früh! Und nicht ohne Achmad! Tot oder lebendig!
Over and Out! Ich hab zu tun!" Hm, der Mann mag mich.

Im Camp:

"Dieser Spinner," brüllt Mc Bride, "dieser gottverdammte Spinner!"

Er stampft wütend in der Einsatzzentrale hin und her. Dann bleibt er plötzlich stehen.

"Gebt Alarm. Stufe Delta Red! Ich will die verfluchten Kommandeure in 30 Minuten im Stab!"

"Sir? Delta Red? Hab ich Sie richtig verstanden?"

"Ja verdammt, Delta Red! Sofort!"

30 Minuten später ist der Einsatzstab zusammen. Der General:

"Mc Bride, wir haben Delta Red! Was ist los?"

Er schildert die Situation. Der General legt sich amüsiert zurück.

"Mc Bride, mir scheint, Sie sind überarbeitet. Gönnen Sie sich eine Pause.

Das ist ein Tourist da draußen, ein Bergkletterer, nicht mehr und nicht weniger. Nehmt diesen verdammten Alarm zurück! Und Mc Bride, Sie machen Urlaub!"

Mc Bride schaut sich um, sieht in ihre Gesichter.

"Mein Gott! Was seid ihr nur für Menschen. Ich wünsche euch, das euer Arsch mal da draußen hängt! Dann hör ich den Funk nicht!"

Damit dreht er sich um und geht. Er wird sich an diesem Tag schlimm besaufen. Weil er sich hilflos fühlt und weil er bei jedem Glas zuckt!

Jetzt erwischt es Mike! Grad jetzt, wenn ich den Whiskey schlucke!

Ich bin zurück in meinem kleinem Lager. Bereite mich vor. In meinem
Hirn hat sich ein aberwitziger Plan gebildet. Ich kontrollier die Ausrüstung.
Das M 4. Granatwerfer voll. Ich check die Magazine. Es darf nichts
klemmen. Dann zieh ich die Neun Millimeter. Eine Glock. Den
Schalldämpferaufsatz drauf. Ich muss so lange es geht, still arbeiten.
Ich habe mich für das defensive Eindringen entschieden. Alles ok.
Ich muss warten, bis es mitten in der Nacht ist. Atme durch Junge.
Ich schliess die Augen. Ich höre Kinderlachen. Ich sehe Mütter mit
Kinderwagen. Ich höre Babys ihren ersten Schrei ausstossen.
Ich sehe alte Menschen, die lächelnd den Kindern ihrer Kinder
beim Spielen zuschauen.
Ich bin ganz ruhig. Ab und zu schau ich auf die Uhr. Ich will bis
zwei Uhr Nachts warten. Mir ist klar, das ich in den nächsten
Stunden sterben werde. Was ist der Tod? Ist es eine Rücknahme
von dem, was dir irgend ein grosser Zampano mal gegeben hat?
Oder ist es wirklich nur der Verlust des Lebens und dann ist nichts
mehr? Oh doch, es ist noch was. Mein Vater hat es mir gezeigt.

Deswegen hab ich auch keine Angst mehr.

Ich schau auf die Uhr. Es ist fünf Minuten vor Zwei Uhr Nachts.

Ich steck mir noch eine Zigarette an. Ich rauch sie langsam.

Dann drück ich sie aus. Ich führe Selbstgespräche:

"So ihr Drecksäcke, jetzt werd ich euch mal den Arsch aufreissen."

Ich bin wieder auf dem Bergkamm. Ich muss jetzt runter ins Tal.

Unten muss ich robben. Einige hundert Meter. Geht nicht anders.

Sie dürfen mich jetzt nicht entdecken. Sie rechnen mit nichts, trotzdem

arbeite ich langsam und sorgfältig.

Ich robbe langsam durch den gesamten Talkessel und platziere eine

Annäherungsmine nach der anderen. Vier Stück hab ich davon.

Die richte ich so aus, das sie vier Grotteneingänge abdecken.

Den ganz linken lass ich aus. Denn da robb ich jetzt hin. Da will

ich rein, sobald es hell wird. Und ich erreich diesen Eingang und

leg mich in Deckung. Warten bis zum Hell werden.

Diese Annäherungsminen sind ganz hässliche Dinger. Man muss die

richtig ausrichten. Wenn man sie dann aktiviert, registriert ihr Sensor

jede grössere Annäherung. Dann gehen die Dinger los und feuern

in dem eingestelltem Radius 700 Schuss auf einen Schlag raus,

als Streufeuer. Echt hässlich. Aber was soll ich machen?
Krieg ist hässlich! Immer!
Ich liege am linken Grotteneingang und warte auf das
erste Morgenlicht.
Die Sonne geht auf. Jetzt hab ich doch Angst. Ich wisch
mir über
die Augen. Los jetzt Mike! Rein da!
Ich rechne mit künstlich angelegten Tunnelgängen. Ich
hab mir was zurecht
gelegt. Wenn Abzweigungen kommen, geh ich immer
rechts herum.
Dann brauch ich auf dem Rückweg nur links herum gehen.
So kann ich mich nicht verlaufen.
Ich zieh die Neun Millimeter mit dem Schalldämpfer. Auf
jetzt, los gehts!
Direkt am Eingang, zwei Wachen. Plopp! Plopp! Erledigt.
Ich bin drin!
Es ist ein Tunnelsystem. Aber das ist mein Bereich. Nicht
diese weitläufige
Fläche wie damals. Das hier, das kenn ich, so, los gehts.
Immer wieder kommt das Plopp aus meiner Glock. Aber
ich arbeite
mich vor. Ich bin schon tief im Berg. Nächste Ecke.
Wieder steht da einer
Plopp! Eliminiert. Noch läuft alles still. Die ahnen nichts.
Ich späh um die nächste Ecke. Ein grosser Raum, mit
Nischen.
Drei Wachen. Ich muss schnell und präzise sein. Ich bin
eiskalt.
Plopp! Plopp! Plopp! Eliminiert. The Area Is Clean.
Ich schau mich um, sehe in die Nischen. Ich traue meinen
Augen nicht.
Im Staub der Höhle liegt Achmad. Angekettet an die
Wand. Zitternd.

Er erkennt mich. Ich leg den Finger vor die Lippen!
"Psssttt!"
Rechts an der Wand liegt ein Mann. Ein alter Mann. Ich
dreh ihn um.
Es ist der Onkel. Tot. Kopfschuss aus nächster Nähe.
Eine Hinrichtung! Ihr Schweine!
Achmad muss das mit angesehen haben!
Ich befrei ihn von seinen Fesseln. Scheint mein Glückstag
zu sein.
Wenn wir so leise wieder rauskommen, wie ich rein kam,
dann gehts.
Ich zieh Achmad hinter mir her. Ganz langsam machen wir
das.
Nächste Biegung, alles klar. Noch eine Ecke, geht.
Die nächste Kehre, ich seh nichts. Da peitscht ein Schuss.
Ich schiess
zurück und treff auch. Doch schafft er es noch, den Splint
seiner
Granate zu ziehen. Das Ding explodiert hier im
Tunnelsystem.
Das ist überall zu hören. Wie ein Echo wummert es durch.
Hier ist jetzt alles wach.
Ich steck die Neun Millimeter weg und greif nach dem M
4.
"Achmad! Wir müssen jetzt Dampf machen!"
Ich zerr den Jungen hinter mir her. Wir rennen.
Wir hören arabisches Palawer und Rufe. Alles hier ist jetzt
auf
den Beinen. Jetzt jagen sie uns.
Trotzdem erreichen wir den Ausgang. Wir rennen. Ich geb
die
Richtung vor, ich weiss, wo die Minen stehen. Wir rennen
und rennen.
Sie müssen denken, es sind Amerikaner. Sie sind fanatisch

darauf,
Amerikaner zu töten! Bis hier geht mein Plan auf. Denn
sie kommen
alle raus. Dann hör ich die Minen explodieren! Ich höre
Schreie!
Hör nicht hin, hör nicht hin! Die haben es so gewollt, nicht
du!
Wir werden gehetzt wie wildes Vieh!
"Lauf Achmad! Lauf!"
Ich bleib stehen. Das M 4 an die Schulter. Ratatatata! Raus
was geht.
Dann weiter. Magazinwechsel beim Rennen.
Stehenbleiben! Umdrehen! Ratatatata! Weiter rennen.
Magazinwechsel!
Ich bin gut, ich treff, aber es sind viele.
Noch einmal bleib ich stehen und rotz das ganze Magazin
raus.
Dreh mich um und weiter rennen. Ich drück den Knopf,
das Magazin
fällt raus, ich schieb das nächste rein.
Dann spür ich einen brennenden Schmerz und es reisst mir
das linke Bein weg.
Ich flieg und fresse den Sand der Erde. Ich schau an mir
herunter und sehe,
mein linker Unterschenkel ist zerfetzt. Noch seh ich vor
mir Achmad.
"Lauf! Renn! Hau ab!"
Ich bin voll unter Adrenalin und Schock. Ich spüre keinen
Schmerz.
Deshalb komm ich auch noch einmal auf die Beine. Ich
steh nur auf dem rechtem.
Das M 4 an die Schulter und raus, was drin ist.
Dann erwischt es mich endgültig. Unterhalb der
Schusssweste durchschlägt es

meine rechte Hüfte. So heftig, das ich mich mehrmals um die eigene
Achse drehe, bevor ich aufschlag. Das M 4 kann ich nicht mehr festhalten.
Es fliegt durch die Luft und landet irgendwo im Wüstensand.
Schemenhaft erkenn ich noch drei bärtige Gesichter die auf mich zukommen.
Sie denken, es ist vorbei. Noch brennt Glut in meinem Körper.
Ich zieh die Neun Millimeter vom Gürtel und feuer, bis nichts mehr drin ist.
Dann wird es schwarz um mich. Mein letzter Gedanke ist: Jetzt stirbst du!
Das wars!

Kapitel 22: Zu Hause

Ich werde wach und öffne die Augen. Über mir seh ich eine weisse
Decke, hell erleuchtet. Ich liege in einem Bett.
"Wo bin ich?"
"Mike! Oh Allah sei Dank! Du bist wach!"
Ich dreh den Kopf. Rechts neben meinem Bett sitzt Gonscha.
"Gonscha!"
Ich will mich aufrichten, es geht nicht.
"Psst, ruhig Mike. Dich hat es ganz schön erwischt. Ruhig, bleib liegen."
"Wo bin ich hier?"
"Im amerikanischem Feldkrankenhaus."
"Achmad! Wo ist Achmad?"
Gonscha deutet auf die andere Seite. Ich dreh den Kopf. Im
Nebenbett liegt Achmad. Er schläft tief und fest.
"Was ist passiert? Wie sind wir hier hin gekommen?"
"Achmad hat dir den Gürtel abgemacht. Den hat er bei der Schulter
unter deiner Schussweste durchgezogen. Daran hat er dich bis zu mir geschleift."
Ich schau sie ungläubig an.
"Was hat er? Den ganzen Weg? Der Knirps da?"
Ich schau rüber zu ihm. Er ist so klein und zierlich. Ich kann es
nicht fassen.
"Ja, er hat. Als er mich sah, brach er zusammen.
Ihr wart beide mehr tot als lebendig. Ich hab euch in den Jeep
gepackt. Ich wusste gar nicht, das ich Auto fahren kann. Gut das

es hier nicht so viele Bäume gibt, sonst wär ich hier nicht angekommen."
Unglaublich. Das ist alles unglaublich. Ich fass es nicht.
"Mein Onkel?"
Ich schüttel den Kopf.
"Er hat sein Grab in den Bergen."
Sie nickt nur langsam. Sie wusste es schon.
Ich will grad nach ihrer Hand greifen, da geht die Tür auf.
Mc Bride stürmt rein.
"Da ist er ja wach, dieser sture Dickkopf! Du Vollidiot!"
Ich muss grinsen, er auch.
"Ich hab dir was mitgebracht," sagt er und hält mir eine Dose
Bier hin, "aber nicht alles auf einmal!" Er lacht.
"Mann, danke, du bist ein echter Freund!"
Wir werden immer Freunde bleiben.
"Mike, tust du mir einen Gefallen?"
"Klar, jeden."
"Wenn du nochmal son Mist machst, tu es in einem Land, in
dem ich nicht bin."
"Gut. Geht klar. Versprochen!"
"Ich lass euch alleine. Seh zu, das du auf die Beine kommst Junge!"
Gonscha schaut mich an. Sie lächelt.
"So verbrüdern sich die Menschen, in einem Land, in dem Krieg herrscht!"
"Ja, so ist es."
"Mc Bride hat mir hier ein Zimmer gegeben, damit ich bei dir sein kann.
Ich geh kurz dahin, ein Tee trinken und ein wenig frisch machen.
Bin bald wieder da."
"Ja, bis gleich."

Von wegen schwer verletzt. Sowas kann ich gar nicht gut hören.

Das Zimmer ist mir zu unpersönlich. Hier muss was geändert werden.

Ich ignorier den Schmerz und quäl mich aus dem Bett. Daran muss ich

mich aber immer festhalten. Sonst fall ich um. Zuerst zerre ich den

Nachtschrank zwischen den Betten weg, der stört nur. Dann schieb

ich mein Krankenbett direkt neben das von Achmad. Ich lieg wieder

drin. Schmerz ignorieren, ich bin topfit.

Ich schau Achmad an. Du hast mich da raus gezogen? Du kleiner Kerl?

Den ganzen weiten Weg über Tage an mir rumgezogen? Ich streck

meine Hand aus und ergreif seine. Plötzlich drückt er sie ganz fest

und öffnet seine Augen. Wir schauen uns an. Er grinst breit.

"Hallo mein Lebensretter. Du wolltest einen Vater? Ok, hier bin ich.

Jetzt müssen wir nur noch deine Mutter überzeugen. Und zwar aus Liebe,

nicht aus Dankbarkeit!"

Achmad grinst nur.

"Du musst mich nicht überzeugen. Ich liebe dich, seit dem Moment,

wo ich dich das erste mal sah!"

Gonscha steht in der Tür. So ein Mist, sie hat mitgehört.

Acht Wochen später kann ich das Krankenhaus verlassen. Wir sind

im Anwesen. Es ist später Abend. Achmad schläft schon. Gonschas
Tante liegt nur noch. Sie kann den Tod ihres Mannes nicht verwinden.
Es scheint, ihr Lebenswille hat sie verlassen.
Ich trink Rotwein. Wir schauen uns an.
"Darf ich sie mal anfassen?"
"Was?"
"Deine Hände?"
Ich streck ihr meine Hände entgegen. Sie ergreift diese.
"Das sind keine Hände zum Töten. Sie sind so sanft. Das sind
Chirurgenhände. Du hättest Chirurg werden sollen."
Damit zieht sie mich rüber zu sich. Sie presst meine Hände an ihre
Brust. Ich spüre ihre Schönheit. Unsere Gesichter sind ganz nah.
Ihr Atem. Ihre Lippen, ihre Augen. Alles so nah. Es ist nicht mehr
aufzuhalten. Wir küssen uns. Es ist nicht mehr zu stoppen.
Die Kleider fallen. Wir küssen, wir fühlen, wir tasten, wir riechen,
wir schmecken.
"Lieb mich!"
Es fängt an zu brennen. Erst kleine Flammen. Es züngelt weiter.
Die Flammen werden höher. Sie lodern immer weiter. Das ganze
Zimmer brennt. Dann explodiert alles.
Nur diesmal sind es keine Granaten, die explodieren.
Diesmal ist es Liebe.
Liebe pur!
Schwer atmend liegen wir Arm in Arm nebeneinander.
Lange reden wir nicht, geniessen nur den Augenblick.

"Mike?"

"Ja?"

"Mike, wann fliegst du zurück nach Deutschland?"

Ich dreh mich zu ihr und schau sie an.

"Weisst du, ich hab Angst vorm Fliegen. Ich bleib hier, wenn du mich lässt."

"Ja, ich lass dich, ich lass dich, ich behalt dich hier! Lieb mich!"

Sie lässt nochmal alles explodieren!

Was für eine Frau!

Am nächsten Abend sitzen wir auf der Veranda.

"Mike, wie wollen wir leben? Uns ernähren?"

"Wir machen weiter, wie dein Onkel hier angefangen hat. Wir
züchten Pferde. Irgendwann wird der Krieg vorbei sein und dann
kaufen die Leute schon wieder Pferde. Solange schlagen wir
uns irgendwie durch."

"Gut, so machen wirs."

"Ich hab auch ne Frage."

"Was denn?"

"Kann ich diese Stühle irgendwie umbauen?"

"Ich weiss zwar nicht warum, aber du kannst alles machen was
du willst."

Muslimische Frauen sind wunderbar. Sie geben keine Widerworte.

Am nächsten Tag find ich im Stall alles was ich brauch. Ich bastel
ein wenig rum. Bin zufrieden mit dem Ergebnis. Abends gehen
wir auf die Veranda.

"Was ist das?"

"Schaukelstühle. Ich bin im Ruhestand. Da brauch man
Schaukelstühle!"
Wir setzen uns, wippen leicht hin und her und schauen in
die Abendsonne.
"Schön ne? So schön beruhigend."
Sie lacht.
"Du bist verrückt."
"Jo, immer schon gewesen."
Hand in Hand schaukeln wir da so rum.
"Du?"
"Ja?"
"Sag mal.....,"
"Was denn?"
"Gibt es hier eigentlich einen Zigarettenautomat?"
"Nein. Sowas gibt es hier nicht."
"Gut. Dann hör ich eben auf zu rauchen."
"Komm mal mit!"
Sie ergreift meine Hand, zieht mich mit und lächelt.
Wir gehen ums Haus herum und ein Stück weiter. Wir
kommen zu einer Art Feld.
"Was ist das?"
"Das hab ich mit meinem Onkel angelegt. Ich wusste, das
du wieder
kommst. Das sind Tabakpflanzen. Ich hab zwar keine
Ahnung, wie
man die erntet. Aber da werden wir noch hinter kommen."
Ich schau sie an.
"Du bist wunderbar."
Wir umarmen und küssen uns. Ich spüre wahre tiefe Liebe.
Eng umschlungen schlendern wir zurück.
"Und ich hab es doch!"
"Was?"
"Ein zu Hause!"

Ein paar Wochen später. Gonscha kommt auf mich zu.
Sie schaut mich so komisch an.
"Mike, wir werden mehr."
"Wie, wir werden mehr?"
"Na, du und ich und so."
"Du meinst du?" Ich guck auf ihren Bauch.
"Ich meine nicht, ich weiss es."
"Da drin? Eine Laila?"
"Ja, wenn du willst, Laila."
"Jaaaaaaaaaaaaaaaa, und wie ich will!"
Da kommt Achmad um die Ecke. Ich zeig auf Gonschas
Bauch.
"Da Achmad, da wächst deine Schwester, Jupidooooo!"
Er versteht immer noch nicht meine Sprache. Ist auch
nicht nötig.
Wir verstehen uns so. Er weiss genau was los ist.
Er grinst ganz breit. Seitdem beobachtet er jeden Tag den
Bauch,
wie der wächst. Du wirst ein guter Bruder sein.
"Gonscha. Sag es deiner Tante. Und sag ihr, das wir sie
brauchen
dafür. Vielleicht gibt es ihr ein wenig Lebenswillen
zurück."
"Gut, mach ich."
Am nächsten Morgen steh ich auf und geh in die Küche.
Da steht
die alte Frau und wuselt rum. Noch schwach, aber auf den
Beinen.
Sie sieht mich und lächelt mich an. Ich geh zu ihr und
streichel ihr
über die Schulter. Gut so, sehr gut.

Achmad sitzt auf der Veranda im Schaukelstuhl. Er starrt
die

Haustür an.

"Aaaaaaaaaaaaaaaaahhhhhhhhhhhhhhhhhhhhh!"

Er zittert und bebt.

"Tief atmen, tief durchatmen!"

Gonschas Fingernägel pressen sich in meine Hand. Die Presswehen
kommen jetzt alle fünf Minuten.

"Aaaaaaaaaaaaaaaahhhhhhhhhhhhhhhhhhhhh!"

"Komm Schatz, komm, pressen!"

"Ich will nicht mehr, ich kann nicht mehr!"

"Weiter, weiter, weiter!"

"Aaaaaaaaaaaaaaaaaaahhhhhhhhhhhhhhhhhhhhh!"

Bei den Presswehen heb ich ihren Kopf leicht an. Sie krallt
sich an mir fest.

"Atmen, Atmen!"

"Ja . Mike Mike, halt mich!"

"Ich bin da. Ich halt dich!"

"Aaaaaaaaaaaaaaaaaaahhhhhhhhhhhhhhhhhhhhh!"

"Pressen! Pressen!"

Ich schau die alte Frau an. Sie nickt nur leicht. Dann seh ich nach
unten.

"Der Kopf! Ich seh den Kopf! Gleich Schatz, gleich!"

Warten auf die nächste Wehe.

"Aaaaaaaaaaaaaaaaaaaaahhhhhhhhhhhhhhhhhhhhh!"

"Press jetzt! Press!"

Der Kopf ist durch. Jetzt greift die alte Frau resolut zu.
Schwupps! Da ist es. Ein Mädchen.

Laila ist da!

Sie legt das kleine Bündel Mensch auf Gonschas Brust.
Ich dachte, ich wäre eine harte Socke. Ich heule wie ein
Schlosshund. Gonscha auch. Nur die Tante steht am
Bettende,

sie weint nicht. Sie lächelt nur gütig. Ich danke dir und weiss,
was du jetzt denkst.
Ich durchtrenn die Nabelschnur und mach einen Knoten. Das
Ding wird in ein paar Tagen abfallen.
Wunderhübsch ist sie!
Dann kommt der Moment und Laila öffnet zum erstenmal
ihre Augen.
Sie hat:
Kullerbraune Augen!

Epilog

Die wahre Liebe, findet man nur einmal im Leben.
Das ist wie mit dem Tod.
Den gibt es auch nur einmal.
Man kann nicht zweimal sterben.
Lebt nicht nach eurem Verstand.
Lebt nach eurem Gefühl.
Hört nicht auf die Scheinheiligen,
die glauben, alles besser zu wissen.
Lebt einfach!